この世を面白く生きる条件

老いは迎え討《う》て

田中澄江

青春出版社

はじめに

心不全で亡くなった夫は九十歳、私は三歳年下で、ともに男女の平均年齢よりは数年長く生きた。

だからといって、長い長い人生とは思えず、すぎてみれば束の間のいのちである。二度と生きなおすことはできないが、夫の迎えたおだやかな死に、夫の生き方を重ね、自分もこのようでありたいと思った。苦痛のない老衰死である。精神的にもおだやかな死である。

そして夫の死を目前にして、私は死ぬことはおそろしくないと思った。おそろしくない死を迎えるためには、死ぬまでの体力の保持、心の準備について、細やかな心遣いがいると思う。

まだ死を目前にしていない若い人たちに、ひとつのおだやかな死に方を得るために、どんな若い日々をすごしたらよいか。

子どものころから青年期、壮年期を通じて、覚悟のようなもの、気配りのようなものを書いてみた。

私より若い人びとに参考になれば幸せである。

田中澄江

老いは迎え討て《目次》

本文デザイン —— 青木佐和子

1章

老いをおそれず

上手に死ぬということ

「上手に死ぬ」とはどういうことでしょうか。家族に面倒をかけずに、長患《ながわずら》いをせずに静かに息絶えることでしょうか。

老いをおそれず、迎え討《う》つためには、この「上手に死ぬ」という心がまえを持つことが大事だと思うのです。下手な死に方というのはやはり本人が苦しみ、周りにも迷惑をかけることだと思うんですね。それにはまず、ふだんの健康保持が大切。いくら子どもがいても、寝たきり十年なんていうのは、本当に大変で、周りのものが倒れちゃう。

特別養護老人ホームが完備されれば一番いいんでしょうが、日本ではその絶対数が少ない。何カ月も待って入る。

しかし特別養護老人ホームを見に行ったことがあるけれど、部屋に入るなり、何かにおう。みんなおむつをしてて、一日何回って時間を決めて替えるから、それまでそのままにして置かれる。

あれを見て、まったくこうなりたくないなあと思いました。寿命がいくら延びても、こういう形で生きていくのはつらいなあと思った。

私の山の仲間で老人ホームに入りたいという人はあまりいないですね。たとえある日、一人でひっそり亡くなるとしても自分の家にいたい。

それなら死ぬまで、まずボケないようにすること。

ボケないでお金がなくなると、役所の福祉課あたりの対応は冷たいから、さいごは家で餓死してしまうという例がいくつかあったけれど、私は福祉課の人にもねばり強く対応して、国家が出してくれるだけのお金はもらって、そして死ぬ前に会いたい人に会っておく。間に合わないときは、一人でもおそれないというのが理想ね。

孤独をさびしがることとは、絶対に乗り越えなければと思うのね。私は一人でいるのが一番好きです。時間がたっぷりあって。

中野区で小中学生の意識調査をしたら、小学校一年から六年までは、みんな親を尊敬する。ところが、中学生になると、親への尊敬が薄れて、友だちが一番大事になる。友だちというのはたよりすぎるのも善《よ》し悪《あ》し。相手によっては、困ったときには手のひらを返すようなのがある。たまたま利害が合うから友だちなんで、利害が反すればいつでも敵になる人がいる。

だから、よく肚《はら》の底まで話し合ったなんていうけれど、心に誰にも話さない秘密は持っていていいと思うのですよ。

どこかにポックリ寺っていうのがあって、みんなお参りに行くらしい。病気になっても長患いしないで、ポックリ死ねるというけれども、急にポックリ死ぬためには、長寿で全身が衰えてくれば簡単にいけるのではないか。

それにはふだんの摂生が必要で、自然死に近い死に方、そういう人を何人も知っている。八十歳で朝、新聞を開いたとたんに息が絶えたとか、私の祖父のように、昨夜は普通に話してたのに朝死んでいたとか。八十四歳までずっと健康だった。新聞を開いて死んだ人はくしゃみをひとつして亡くなった。心臓が弱っていたそうです。だからポックリ死のうと思ったら、若いときから腹八分目にして、野菜と肉、魚など植物性と動物性をよく考えて食べる。

暴飲暴食して好きなことをして死ねばいい、みたいなことを言うけれど、それでボケたり、病気になって寝たきりなんていうのは周りの人が大変です。

九十歳で老衰死した私の夫は、病院に行くのがいやと言いました。

夫の母も病院より家に帰りたい、帰りたいと言って九十二歳で胃ガンで三カ月入院して亡くなりました。

病院が退院を許さないのは、自宅で臨終になったとき、酸素吸入したり、血圧を上げる注射をしたりという、延命策がとれないからだと思います。

私は残る家族にとっても、自宅死のほうが心ゆくまで別れを惜しめると思いました。病院だと、隣室に気がねして大きな声を出せない。私は、夫がこんなに早く亡くなるんだったら、うちに置いてあげればよかったと思って、夫に申し訳なく思いました。

夫はだんだん食が細くなり、点滴だけになって五十日して、まったく灯《ひ》が消えるように亡くなりましたが、病院の看護婦さんに、家族の方や友人の方が毎日のように見えて幸せな患者さんではなかったかと言われ、夫自身は苦痛らしい声もうめきもなく逝《い》ったので、あるいは上手な死の迎え方だったかもしれません。夫はふだんから物静かでやさしく親切な人だったので、みなに惜しまれましたが、寿命は人間の自由になるものでなく、日ごろの生き方のよさによって、それ相応のおだやかな死が与えられたように思います。

つまりいい死を迎えるためには、心身ともに若いときからの積み重ねが必要なのです。

生きることに一所懸命になれる

私は、肉体は滅びるけれど霊魂は滅びないと思っています。そう思うだけで死ぬことがこわくなくなります。

でも、いつか甲斐駒ヶ岳《かいこまがたけ》の頂上で雷にあったときは、とっさに「まだ死なない！」と思った。雷にあったら稜線《りょうせん》をすぐ下らなければいけないんです。駆けおりて低いところに体を伏せていました。山で斜面を転落したこともあるけれど、このときも落ちて行きながら、どうにかして転落を止めようと、全力で斜面に身を強く掘り入れるようにしたら速度が落ちて止まりました。

山で木を伐《き》っている人は、木が倒れる方向を見て現場からさっと逃げる。あれがちょっと目測《もくそく》が狂っても枝に打たれちゃう。

いつ死んでもいいけれど、無理に死に急ぐことはない。生きていれば毎日のように社会にいろいろな事件がおこり、自分自身にもいろいろなことがあって、生きてよかったと思うことがある。それは簡単にいのちを捨てないこと。事故にあわないように気をつけること。

事故にあっても、ふだんから敏捷《びんしょう》に動く体をつくっておく。年をとったからといって家に閉じ込もらず、何か運動していると体が敏捷に動き、頭も緊急の場合にどうすればよいか、いい知恵がすばやく働くのではないかと思います。

人間は死ぬ。そして私の身内も友人ももう大勢死んでいった。あの人たちが死ねたのだから自分でも死ねるはず。ただ生きている人との別れが辛《つら》い。

夫は私の顔を見つめて涙を二筋流した。最後に息が絶える直前にも涙を流した。私は息が絶えても、夫の霊は蘇《よみがえ》るとそのとき思った。

『徒然草』を書いた兼好法師は、神道《しんとう》の家から仏教徒になった人ですが、彼の生きていた時代は南北朝の争いの中なので、戦いはいつもその周りにありました。

死ぬ人もたくさん見たでしょうから、『徒然草』の中で、死について語った言葉には、すぐれたものがたくさんあります。

その中で私が一番好きなのは、「死期は序《ついで》を待たず。死は前よりしも来《きた》らず。かねて後に迫れり」というものです。

「死は自分の思っているようなときに訪れるとは限らない。前から来るとばかり思っていると、後ろから襲《おそ》うことがある」。つまり、人間はいつも死を紙一重《ひとえ》のすれすれのところにおいていて、自分の考え以上の力で迫って来るから、私たちはいつでもそれを迎える覚悟を持て、というものです。

私の友人には、階段をころんで落ちて、その場で亡くなった人がいます。死はいつどこから襲って来るかわからないけれど、とにかく絶対逃れられない。古今東西、死を逃れ得た人はいない。

それならばビクビクして待つより、いつ死んでもいい覚悟で、その日その日を充実して生きる。死後には霊魂の世界があると信じること、つまりしっかりとした宗教を持つこと。それが老いを迎えて老いをおそれず、老いを超える気持ちを、胸に育ててゆくと思うのです。

私は、夫も自分も同じくカトリックで洗礼を受けていて本当によかったと思う。キリスト教は、磔《はりつけ》で死んだキリストの復活を見て、ああ、この人は神だ、と思って信者の信仰が深められた。仏教でも来世を信じていますね。宗教のある人の中には、自分の死期を悟って静かに死を迎えた人の話がたくさんあります。

若いいのちも大事ですが、老いてゆくいのちも大事です。先がだんだん近くなる。ぐずぐずしてはいられない。

私は今年で八十八歳になり、八十七歳で九十歳の夫を先に送りました。結婚して六十二年ですから、実家に二十六年間いたよりもはるかに長い年月、夫と生きていたことになります。

言い換えれば、六十二年も二人で通ってきた人生の道を、今度はたった一人で通る。さびしいでしょうとよく言われるのですが、負け措しみでなく、さびしくない。

夫の霊魂は眼に見えないけれど、私と一緒にいると思い、また、そう思えることが、この半年のうちにいろいろありました。

そしていま私は、夫の霊魂を体いっぱいに感じながら、体は一人という、新しい人生を迎えて、小学校の一年生になったような気持ちです。

こういう人生はいままでに知らなかった。まったく未知、それだけに興味と勇気がわく。

十代から八十三、四歳まで続けていた登山を、夫の死後半年ぶりに、初夏の山に大勢の山仲間たちと登りました。

足の疲れより、全身にたまっていたよけいなものを、さっと谷川の早い流れが持っててってくれたような気がした。体が軽くなった。心もスカッとしています。

そうです。夫のいない、夫が霊魂としてだけ一緒にいてくれる、生まれてはじめての経験を、これから積み重ねなければならない。

どんなことでもどんと来い。私には夫の霊が加勢してくれる。そんな気持ちでいまおります。

2章

自分らしく生きるために

思いやりと「自分らしさ」の関係

よく「自分らしく生きる」という言葉を聞きます。でも、それはいったいどんな生き方なのでしょうか。自分のやりたいことをやる？　それでは、たんなるわがままです。

「自分らしく」とは自分の個性を伸ばして、人間らしく生きる。人間らしくとは「他人の痛みがわかる」ということではないでしょうか。

戦後まだ京都に住んでいたころ、あるときひとつの町で、足の不自由な若い娘さんが、五、六人の立ち話をしている人たちの真ん中を通って行きました。続いてその後を私が行くと、その人たちは、前を行く娘さんの噂《うわさ》をして、不自由な足で歩くまねをして笑ったのです。

その声に娘さんが振り返ると、おしゃべりもそんなまねも止みました。

私はその足の不自由な娘さんに追いついて、「世間にはいろんな人がいますねえ」と言うと、「もう慣れてますから」と言い、しばらく一緒に歩くと「私は遅いですから、どうぞお構いなく先にいらしてください」と、大変落ちついた態度で言われました。その人がそういう落ちついた態度をとれるようになるまでには、どれほど泣いたり、怒ったり、呪《のろ》ったりしたことか。

そういうものを乗り越えて、その人は、泣いたって、怒ったって、呪ったってしょうがない。感情の無駄遣いだ。自分は自分の道を行くということを、自分で悟ったのだと思って、その立派さに心を打たれました。

彼女は体は不自由だけれども、精神はまったく健康だと思い、不自由な体の人を笑った人たちは、心が病んでいると思った。それは他人の心の痛みがわからないということです。

世の中には、すぐ他者の痛みのわかる人とわからない人がいて、痛みのわかる人は、病気をしたり不幸な目にあった仲間を救うために、自分でできるだけの行動をおこしてゆく。会ってなぐさめたり、相談相手になってやったり、自分でできるだけのことはさせてもらうと申し出たり。

すると、いつか周《まわ》りが感化されて、そういう気持ちの人の輪がひろがってゆく。私はそんなとき、人間はすばらしいなあ、決してどんなときも絶望してはダメだなあと、自分で自分をはげまします。

日本人は流行に弱いと言います。人がすることをすぐにやってみたい。赤信号みんなで渡ればこわくないと、信号無視も平気な人がいる。どうしてそういう右へならえ式の気質が、日本人共通の気質になったのか。

いろいろ原因はあるけれど、江戸時代に五人組というのがあって、キリシタンを探《さぐ》るために、ひとつのスパイ政治のようなもので、あの家は怪しいとか怪しくないとか、お互いがお互いを監視するような習慣がついたのも、ひとつの理由だと思うのです。一九四五年（昭和二十年）に終わったこの間の戦争のときも、隣組《となりぐみ》ができて反戦運動を警戒した。

この戦争は負けそうだ、この戦争は勝ち目がない、それはまったく本音なんですけど、そんなことを誰かが言うと、みんな口に手を当ててシーッと言いました。そういうことを憲兵に聞かれたら大変よ。いつも権力をおそれて、警察に引っ張られないよう、お互いに注意し合う。

日本人は一人でいるときはとても弱い。しかし外国の飛行場などで、大きな声で笑い声をあげているのは、日本人の団体です。

その一人によその国の人が話しかけると、イエスかノーかさえ言えない。あるいは一人でいるときは固くこわばって、必要以上に他人を警戒する。日本人も国際社会で生きているのですから、もっと他人を理解し、自分も人間として恥じない国民性をつくっていきたいものだと思います。

私もずいぶんいままでに失敗したことがあります。

私が三十年ぐらい前に、はじめてヨーロッパに一人で行ったときは、ホテルから電話を取り次いでもらおうとすると、よく交換手から「ユー、セイ、プリーズ」と言われてしまった。プリーズ、どうぞと言ってから用件を言えと。また、お金だけ払ってタクシーから降りようとすると、運転手から「さようならの挨拶は？」と言われた。

これも日本人のよくない国民性のあらわれではないでしょうか。挨拶が下手。ひとこと添える心遣いというのは、聞いていて気持ちのいいものです。

日本は外交が下手だと言われるけれど、日本人同士でも、人に道を聞かれての教え方に二通りあって、「ここを真っすぐずうーっと行って、右に曲がってずうーっと行って……」では、どのぐらい行けばいいのかわからない。

それが「この道を一〇〇メートルぐらい行くと、右側に薬屋があって、そこを曲がって五十メートルぐらい行くと、八百屋があって……」というふうに教えられると、目安が立ってわかりやすい。前のずうーっと行って、その先をずうーっと行くと……というのは、教え方として不親切なばかりでなく、いつも自分が歩いているところについての観察ができていないわけですね。

自分の周りに、お手本になる人を見つけるというのもいいことだと思います。私は亡くなった平林たい子さんという女流作家と家が近くて、おつき合いをして、この人はいい言葉遣いをするなと思いました。

というのは、結論をはっきり言われる。私たちは「それで……、そうかと思うけれども……」となりがちですけど、これは、昔は女がはっきりものを言うのはよくないとされていましたから、こういうことになったのだと思います。

ところが平林たい子さんは「それは緑です」とおっしゃる。

それは緑だと思いますけど……ではないのです。とてもすがすがしい印象を持ちました。語尾をちゃんと言う。イエスとノーもはっきりしてました。

人づき合いで自分を計る

最近、私の家の近くにふたつの火事がありました。

ひとつはアパートの一人暮らしの老婦人がおこして、周りの部屋は焼ける、本人も死ぬ。もうひとつは若い夫婦で、ふだんシンナーを吸う。妻がタバコを飲むために、ライターの火をつけたとたんに爆発して、夫も子どもも死に、近くの家も焼けるという悲劇です。

「秋深き隣りは何をする人ぞ」などと、呑気《のんき》なことは言っていられない、おそろしい時代ですね。知っていようがいまいが事故はおこる。密集した都会の中では、本人の意志にかかわりなく、個の生活が成り立たない。

自分一人だけで行動して、誰にも迷惑をかけないと言っても、いつ事故発生となるかわからない。

都会の中だけでなく、人口の少ない山間地帯にあっても、やっぱり人間は一人では暮らせない。食料でも衣料でも、必ず誰かの手をへてつくられるのです。人間が生きるという基本の姿勢そのものが、他者とどういう関係を持つかということからはじまります。

つまり人間が人間らしく成長するためには、つねに他人（人間）に対する意識をしっかりと育てていかなければならないのです。

誰でも朝起きて、そこに家族がいれば「おはよう」とか「今日は気分はどう？」とか、相手に挨拶し、相手の様子を知ろうとします。

これをしないものは、他人のことはほおっておくという冷たい人か、何か怒っているのではないかと思われたりします。

また、自分の状態も話します。よく眠れたとか、眠れなかったとか、家族同士がすでに他者なんですね。一歩外に出る。近所の人に会う。友人に会う。学校に行く。

職場に行く。そこに必ずはじめの挨拶があり、終われば別れの挨拶がある。

人が生きることは、まず他人とのつき合い方を学ぶことです。

約束は守る。借りたものは返す。相手を傷つけたり、相手に不快な思いをさせたらあやまる。これは家族でも他人でも同じことで、これを全然やらない人は、変わりものどころではなく、人に無視され、疎外されてしまう。

衣食住のすべてに、長い間につくられてきたひとつの流儀があり、きまりがある。それを知らないと一人前の人間扱いされず、誰も相手にしてくれなくなります。

とにかく人間として生まれ、人間の中で生きていこうとしたら、他人に対する対応のしかたを自分で考えていかなければならない。周りもそれを教えてあげる。

これは学校教育を待つまでもなく、家庭教育、あるいは近ごろは家庭でなく、施設などで育つ子もいるけれど、すべては他人の中での自分の存在をたしかめながら育ってゆく。それが人間教育の基本だと思います。

とくに近ごろの若い人たちに人づき合いということを強調したいと思うのは、学校でも家庭でも受験受験で、知識の吸収に追われて、友人は互いにライバルになり、強いものは弱いものをいじめたり、たまったストレスを他人にぶつけたりする。それがいじめの体質のもとになる。

家庭でも、子どものいわゆる学業成績面だけを見て、自分の子どもの性質、長所、欠点などをあまりよく把握していない。子どもの心に、どれだけ他者への思いやりの感覚が育っているかどうか、よく気をつけていない。

いじめっ子の氾濫《はんらん》は、他人とのつき合い方を知らないからおきるのではないかしら。どんなことをすれば相手が傷つくか、本人にいじめたという自覚がない。被害者のほうもいじめられたらどうしたらよいか、その対応がわからずに悶々《もんもん》として自殺する、登校拒否をする子どももいる。

子どもの様子がおかしかったら、まず親自身が気づいてほしいと思います。このごろは働いている母親が多くて、仕事と家事の負担が過重で、なかなか子どもにまで気配り、心配りができない場合が多い。

教師という職業も、父兄の要望にこたえて知識を与え、成績をよくすることを考えて、子どもたちの集まりの人間関係がどうなっているかということに気づかぬことが多い。

医者は患者の状況をいつも気にしていると言うけれど、教師には生徒たちの心の動きをできるだけ的確にとらえてほしいと思うのです。

戦後の教師は、教師としての専門教育を十分に受けているとは言えません。そして、たまたま教師の職があったからなったという人も多い。

教師の仕事というのは、普通の品物を生産する仕事とは根本的に違う。子どもたちの心をつくる助けをするのだという自覚が足りないから、悲劇がやたらにおこるのではないでしょうか。

職場に出ても同じこと。仲間、先輩と思う相手から、思いもよらぬ誤解やいじめにあうこともあります。いちいちそのたびに自殺していたら、いのちがいくつあってもたりません。

悲劇を生まないための仲間、先輩との関係をどのようにつくっていったらよいか。体の中に入れる栄養素が必要なように、自分の心をゆたかにするために、精神的な栄養素を補充する必要があると思う。

遠くの親戚より近くの他人、という言葉がある。阪神大震災の場合を見ても、まず隣人同士が助け合った。

私たちは何か困ったとき、助けがほしいとき、誰にたよったらよいのか。ずいぶん長く生き、家庭生活も六十年、職場や仕事の体験も重ねてきた。家族も含めて自分以外の他人の中に身を置いたとき、自分はどうあるべきか、私のわずかな人生体験の中から、思いつくままに、それらに役立つことを語ってみたい。

学校を出ると、友人、恋人といった、親しい人とは別の人間関係のつくり方が大切になってくる。

職場の上司、同僚、また学校の先輩、後輩などとしての対人関係も生まれます。卒業した学校の恩師との関係もどうするか。

このごろは「仰げば尊し」という歌はあまり歌わなくなったけれど、私は恩師という言葉はいまでも生きていると思う。

卒業後も訪ねて行き、クラス会にはお呼びしたい。恩師は人生の大先輩ですから、クラス会で恩師に会うことになり、自分が社会的にえらくなっても、クラス会に出れば、全員が昔の生徒に戻る。

職場で失敗したり、家庭的に悩みをかかえている人も、恩師に会えば元気だった少年少女のころを思い出し、新しい勇気がわいてくる。

そういう人間関係は、先生と生徒の間にしか生まれない。いろいろな不幸や挫折《ざせつ》にあった人は、クラス会に出るのがいやになってくるので、成功者ばかりが集まったり、挫折者は沈黙し、成功者ばかりが自慢話をする。そんなとき、昔の原点に帰って、成功者は謙虚に、挫折者は元気をとりもどせるのも、恩師のおかげです。

あるいは昔の先生が不幸に打ちひしがれていたりしたら、みんなではげましたい。先生が老齢であれば迎えの車をまわして、誰かがつき添って会場にお連れして、みんながいたわりなぐさめてさしあげたら、先生もよろこび、生徒も心がひとつになって、やっぱり昔の子どものころの純な気持ちになれます。

友人関係も、就職して結婚して、だんだん格差が激しくなるけれど、社会的な地位が高くても不幸をかかえた人もあり、平凡でつつましい暮らしをしていても幸せいっぱいの人もいる。昔の友だちが集まったところでこそ、ほかでは話せない話もでき、お互いにはげまし合うことができる。

そういうつき合いには、親戚や職場のつき合いにないものがあり、共通の生活を何年か持っている仲間というのは大事だと思います。

生徒はどんなに出世しても、先生には頭が上がらない。先生を前にして、自分が先生よりえらくなったなどと思ったり言ったりする人の話など、あまり聞いたことがない。一人前の大人になっていれば、そんなことを言うのが、恥ずかしいぐらいはわかるはずです。

私は小学校を出てからもう何十年もたったけれど、クラス会に出て、子どものころに帰った思いになれるのが、昔の仲間とつき合うありがたさだと思います。あの戦争を境にして境遇の激変にあった人も、みんなが苦労したことを知り、勇気が出てきます。

私自身も教師の経験があり、何十年も前の生徒と会うことをいつもたのしみにしています。

旧友、旧師と違って、職場での知り合いはなかなか気を遣います。たとえば、会社の社員旅行などは、移動する職場のようなもの。新米社員はどの人にお酒をついだらいいのか、どこにすわって、自己紹介は何を言ったらいいのかといつも胸ドキドキです。

そこで知恵を働かせ、一年先輩に聞いたらよい。知恵を働かすというのは、誰でも先輩であればいいというのではなく、やっぱり信頼できる人でなくては駄目。それは職場の雰囲気と自分への接し方でわかります。

職場というのは、私の経験から言って、いつも周りの人に気をつけなければならない場所ですね。

それがいやな人は勤めなければいい。勤める以上は、自分がそれまでに習得した才能を通して、社会に参加することでもあるし、同時にそれは、生活の糧《かて》を得ることでもあるから、そのためにはいままでのように言いたい放題、したいことができないということは、はじめから覚悟して入らなければならない。

それが結局、人間の修練につながるのです。

教員室には口やかましい先輩がいて、しかも私の母校の出身だからまったく大先輩。私の勤務ぶりが教師らしくないと思ったのでしょう、よく言われました。

「この就職難の時代にあなたのようなお嬢さんはやめて、どうしても働かなくては困る人に席をゆずったらどうですか」

しかし私はなまけ教師だったのではない。地理と歴史を教えていて、生徒の資料になる刷り物を教員室の謄写版《とうしゃばん》で、せっせと刷っていました。すると先輩から、こんなことを言われました。

「あなたが熱心にやると、私たちがなまけているようにとられるから、あんまり謄写版などつかわないでください」

教員室というのはたくさんの人が新入りの自分を見ているのだと思って、毎朝そのドアを開けて「おはようございます」と挨拶しながら、さあ、今日は先輩からどんな注意を受けるのかと思った。

その学校はイギリス人の教師が多く、私は学生時代から洋服が多かったのですが、ある日呼ばれて「日本人はやはりキモノがよい」と言われ、キモノにするとまた先輩から「教師にしては柄《がら》が大きい、華美すぎる」などと言われました。

さて新聞社にいたときも、私は病児をかかえていたので、月給では足りず、夜はラジオドラマや雑誌の原稿を書いたりした。すると同僚から言われた。「新聞社をやめても食べていかれるでしょう。羨《うらや》ましい」あるいは「まさか新聞社内で、ラジオドラマ書いてるわけじゃないでしょうね」と。

服装についても、上司から言われた。私は何しろ忙しいので、化粧も髪のかたちもろくに手を入れなかったし、洋服も自分で仕立てて着ていました。すると、「もうちょっとましな恰好《かっこう》はできませんか。髪はきちんと手入れしてください」。

私のいた新聞社がつぶれて、他の社から呼ばれたとき、私はことわりました。家で原稿を書いているほうがよかったから。

でもやっぱり行っておけばよかったと、あとで何度も思いました。記者の肩書きがあれば普通の人の入れないところに入って行くことができ、見られないことも見ることができる。

学校の教師も、せっかく教師になるための、受験のむずかしい学校に四年間在学したのだから、せめて四年いればよかった。私は自分の受け持ちの生徒が無事進級すると、結婚を機会に三年でやめてしまったのです。

先輩たちとたたかうことばかり考えないで、いかに彼女たちと協調するかを考えたなら、自分の人生勉強になったに違いないと思い、私には耐える、辛抱《しんぼう》するという考えが足りなかったと後悔しました。

職場での自分の位置を確立するためには、先輩・同僚の意見も聞き、自分の態度も反省する必要があります。

自分にはちょっと出すぎたところがあるとか、自己主張が強かったとか、そういう考え方ができるのが、いわゆる人間がまるくなるということで、それはすべてに妥協して、上司におべっかをつかい、八方美人であるということではありません。

自分の意見ははっきり言う。同時に相手の意見も聞く。そして、くれぐれも注意すべきは、他人の悪口は言わないこと。悪口はかならず相手に伝わるものですから。

つい最近の新聞に、各国の高校生の意識調査の結果が出ていました。何か積極的に自分からやりたいことをするか、ボランティアに参加するか、という問題について、欧米の高校生にくらべて、日本の高校生の数字は圧倒的に低かった。

そして、自己主張するか、自分の意見を通そうとするか、ということになると、圧倒的に日本が高い。ということは、他人のことはかまわないで、とにかく自分だけを大事にするということだと思います。

小学校から中学校、高校教育までの間に、そのような精神が養われていくとすると、これは社会に出て非難される人間になるのではないか。自分の言いたいことだけを言って、他人の言いたいことはひとつも受け入れないというのは、一方通行的な生き方ですね。

人間はつねに相手のある存在だから、他者の中に出る心がまえというのは絶対に必要。まず心が寛容で、自己主張はするが、相手の主張も聞くようでなければならない。

本当の民主主義というのは、そのようにして、お互いの理解を深めることができなければ成立しないと思います。

民主主義という言葉をわざわざつかわなくても、昔からの世渡りの知恵というのは、世の中はお互いさま、ということを生かしてきました。それが家庭や学校でしつけられないとすれば、職場に出て、いっぱい困ったことに出合うと思います。

そんなとき、親切な友人、同僚、あるいは上司がいて注意してくれたら、ありがたいと思って謙虚に聞いてください。反抗したり、弁解したりしないで、素直な心で聞く。白紙の状態で聞く。

白紙というのは、どんな色にも染められるということ。自分の考えは一応抜きにして、相手の話を聞く。

何人かの人が集まって、それぞれの意見を言っているのを聞いていると、かならずその中に、みんなの話の聞き役になる人がいて、私はかしこいなあと感心してしまう。結局、結論はだまっていた人が、客観的に見て一番いいと思うことを言い出すのだから。

自分が完全な人間だと思ってしまったら、その人はそれでおしまい。自分の未完成を知り、白紙になって他人の気持ちがわかることこそ大切なのです。

私の知っている人に、日記に毎日その日の自分を反省して書いている人がいます。今日こういうことを言ったのは悪かった、今日こういうことをしたのは良かったと、自分の心の記録を残し、読み返してまた反省の材料にしている。

私も娘時代にやったことで、それを読むたびにがっかりするのは、娘時代に書いていたこととといまと、あまり進歩がないということ。

たとえばミツマメを食べすぎて後悔して、今度は気をつけようと書いている。それが、いまではお酒を飲みすぎて、これから一カ月禁酒するなどと書いているのです。人間は根本的にはあまり進歩しないらしい。

でも少しずつは確実に自分を調整する効果は上がっている。少なくとも反省する習慣を守り通すことが効果の出てきたしるしです。

自分の過《あやま》ちで自分が傷つくのは自業自得《じごうじとく》だけれども、自分の言動で相手を傷つけるのは困ります。自分の反省録をつくるというのは、対人感覚を養うのに、ずいぶん役に立つと思います。昔からいろいろな人が自分への戒《いまし》めをつくっている。

キリスト教徒は、自分の悪いところは教会に行って神父に告白し、なぐさめられ、はげまされ、勇気を出して帰ってきます。

良寛は新潟の出雲崎《いずもざき》の名主の家に生まれて、出家して仏道にはげんだ人ですが、自分のところに集まる信徒に対して、こういうことをやめたほうがいい、という戒語をつくった。

あさねすべからず　ひるねすべからず　みにすぎたることをすべからず　おこたるべからず　ものをかくことはすべからず

などなど。あさねもひるねもなまけもののやること。ものをいいかげんにしないで徹底的にやれという。ものを書くということが悪いというより、書くために、他のことはほうっておいて、夢中になるのがいけないというのかもしれません。

兼好法師の『徒然草』の中にも人間の生き方について戒めとなるよい言葉がいっぱいちりばめられています。

第一七〇段に、人と人とのつき合い方について、

さしたることなくて人のがりゆくは、よからぬことなり。用ありて行きたりとも、そのこと果てなば疾《と》く帰るべし。久しく居たる、いとむつかし。

とあって、たいした用もないのに人を訪ねるのはよくない。用があって行っても、

その用がすんだら早く帰れ。長居無用の意味です。これも相手の予定がくずれたりして、迷惑がかかるからであろうという心遣いをすること。

良寛も兼好法師も仏道一筋の生き方を求め、一番大事な道を行くためになまけるな、道草するなと言っています。

私は、人が生きるには宗教というものが生活の中に入っていることがのぞましいと思っています。

仏教を日々に生かすなら、自分のやっていることは慈悲の心にかなっているかいないかと反省する。

神道《しんとう》ならば、これは汚い心ではないかどうかを反省する。

キリスト教ならば、こんなに相手を憎んでよいかどうかを反省する。

また、人づき合いのときの禁句は、相手が弱味に思っていることをわざわざ言うこと。あなたの頭にはハゲがあるとか、あなたはずいぶんふとっている、やせている。親切で言っているつもりでも、すでに本人が気にしているのだから、肉体的な弱点はだまっていること。親しい仲でも、ずいぶんニキビが増えましたね、などとは言わぬこと。

私のように年をとっている人間が、ひさしぶりに人に会ったとたんに「ずいぶん年をとってふけましたね」などと言われると、たしかにそうだけれど、言われなくてもわかっている、と言いたくなってしまう。

親兄弟が、互いに健康を心配して言うのならよいけれど、肉体的な話はよくよく親しい間柄でないと言わないほうが無難です。

また、とにかく相手の気にしていること、たとえば、成績の優劣についても言わないこと。「また失敗したんだって？」などは禁句。職場で、自分はここまでしかできなかったと悩んでいる相手に「私はこれだけできた」などという自慢も禁句。

もし相手を傷つけるようなことを言ってしまったら、すぐあやまるくせをつけてください。

口が軽くてごめんなさいと、その場であやまってしまうと、あとあとまで残りません。

自分自身の行いを反省できる人の生き方は、他人への優しさを身につけた生き方と言えるのではないでしょうか。

心の友の持ち方

中野区の生徒の意識調査をやったとき、中学、高校では友人を大変たよれる存在だと思っているということがわかったと前に書きました。たしかに友に悩みを打ち明けただけで気が晴れることがあります。

しかし、本当の友人とは、たより合わないところから生まれるのではないかしら。相手に対して、自分が負担にならないようにする。

それは相手への思いやりです。結局、人間は孤独であることをお互いに知る存在。

それが本当の親友のような気がします。

友人のない者は、自分は孤独だとさびしがったりしますが、孤独であるために、自分で自分の考えを引き出すこともできます。

じつは、私は洗いざらいすべてを他人に語ることが嫌いです。相手が本当に理解してくれたかどうかわからないし、聞くことが相手にとっては迷惑かもしれない。

しかし、学校の友人なら、あまり仲間になりたくない人とは、つき合わないでいられるけれど、職場となったらつき合いも大事で、攻撃的で、意外と意地の悪い先輩の下にいなければならぬときもありますが、こんな場合は周囲の人間をよく見ていて、誰か一人味方を見つけ出す。

それとなく、「あなたはこの職場おもしろい?」などと聞いてみる。すると、相手も心を許して意地の悪い先輩の話になってくる。

この場合、絶対に他人の悪口を仲間に言わぬこと。また、自分の悩みも言わぬこと。ヒミツなど絶対守られない。つき合いはほどほどにしておくこと。

学校や職場で、誰でも注意人物となる人が一人や二人はいる。

「ちょっとあのこと知ってる？」

などとカマをかけて、人のうわさを聞きたがる人。

また、逆にそっと耳打ちして、

「あなたのこと、××さんがこんなこと言ってた」

などと、聞きもしないのに、××さんと自分の間を割《さ》こうとするような話を告げる人。

「あの人とはつき合わないほうがいい」

などと、頭から誰かのことを切り捨ててかかる人。

みな、危険、危険と気をつけて、あまり話にのらないことが必要。

他人に意地悪な人は、家庭に問題があるとか、自分の心に悩みがあって、つい他人に冷たくなる。他人の不幸をよろこぶ。

こんな人が周りにいたら、私ならまず、その人のために祈る。その人をとりまく不幸が消えますように。

そして私は、たしかにいくたびか祈ることで、相手がよい方向へ変わってくることを経験しました。

子どものときからの母の教えで忘れられないのは、「よく考えて行動する」ということ。理性と意志の強い人は、その場の雰囲気に巻き込まれずに、まず理性の目でよく考える。

友人と一緒にいても、いつでもどこか、冷めた目を持っていることが大事だと思います。卒業や入学のときの酒の一気飲みなどというのは、まったくおろかしい。急性アルコール中毒であっという間に死んでしまう。自分の理性ではわかっているつもりでも、周りからはやしたてられたりすると、ことわる勇気を持てない。

日本人は群れになることが好きで、すぐ同調してしまう。というのは、個の確立があまり得意ではないからですね。

どんなに仲がよくても、人は人、自分は自分。人はしても自分はしない、イエスとノーをきちんとする。そういうはっきりした態度を持ちたいと思います。

一歩進んで、自分の群れが反則を犯そうとしているときに、それを押しとどめる役割を果たすような度胸を持ちたい。たった一人でも自分の信念は貫《つらぬ》く。

そういう人にこそ、本当の心の友になる存在があらわれるのではないか。

みんなが反則を犯そうとしているときに、それをやめさせられる。みんなの理性をさまさせ、あなたの意見にみんなが理解を示して、反則をやめることができれば、友のあり方として最高だと思う。

集団の中で、その行動全体を批判的にとらえて、自分がどう対処するかをいつも心の中で判断する。これは子どものときから、学校生活や、近所の遊び仲間とのかかわりの中で身についてくる知恵だと思います。

新聞などによく出ている、弱い者をやっつけたり、お金をだましとったりといういじめっ子も、一人でなく、大勢でやるからできるのでしょう。

それを見て見ぬふりをしないで、たとえ殴《なぐ》られてもよいから、これはいけないことだ、悪いことだと思ったら、一所懸命にみんなを説得して、それらの行為をやめさせる勇気を持ちたい。

相手が大勢ならば、自分も同じ意見の仲間をつくってゆき、いじめっ子たちと対決する姿勢をつくり、興奮しないで話し合いで、もうああいうことはやめよう、というふうに持っていけたらよいと思う。

若い日々に、身近に反対意見のものがいるというのは、自分を成長させるためにも役立つ。これを敵として憎むのではなく、自分を磨くのによい材料だと思ったらよいのです。

私は娘時代に、カンニングする友だちを見つけて、放課後呼び出して、自分が泣いてしまったことがあります。

あなたがカンニングしているのを見ました。そう言ったらもう涙が出てきた。英語のテストのときで、小さな辞書を持ってきて、そっと机の下で引いていた。

どうしてそういうことをなさるのって言いながら、悲しくて涙が出た。先生の眼を盗んでやるのだから、胸はドキドキでしょう。そんな思いをしていい点をとるより、いさぎよく悪い点をとったほうがよいと私は思う。

私が泣き泣き語ったとき、友も泣き、忠告した私に感謝してくれました。そのとき、誠意を持っていれば、かならず相手の胸に響くのだということを知りました。

よく人の悪口を言って歩く人がいました。類は友を呼ぶというように、悪口グループになり、いつかみんなにいやがられて孤立していきました。

すると今度は悪口を言わない人たちに対して、挑戦的な態度をとるようになったけれど、誰も相手にしなくなりました。

人間の中には、攻撃的で、破壊をよろこぶ性格の人がいる。明治以来、さかんにアジアや欧米の国々と戦ってきた日本人は、好戦国民と思われているらしい。いつかフランスの一地方都市の小学校の先生に、「日本という国の印象は？」と聞いたら、即座に好戦国と言われてしまいました。

もちろん、私たちは好戦国民などと言われたくありません。友と友の間も平和でありたい。そのためには争いのもとをつくらないこと、たとえば、相手の悪口を言う、相手の弱味につけこむようなことをしない。

では喧嘩《けんか》を売られたらどうするか。私なら逃げる。いじめられたら、やっぱり逃げます。

負けるが勝ちという言葉があり、いじめられて反抗したり、復讐したりというような手段をとるのは逆効果。自分には縁のない人と思い、会ったら会釈《えしゃく》ぐらいするだけで行動をともにしない。

いつか神奈川県の金沢で、教師にみんなの前で叱られて自殺した小学五年生がいました。この場合は明らかに教師が悪い。

でも私はこの少年に逃げてほしかった。大勢の前で叱るなんて最低。そんな先生のためにいのちを失うなんてもったいない。

逃げるとはだまっていること。あるいは親から学校の校長に訴えてもらうというような、積極的な態度をとってもよかった。

逃げるのが死であってはならないのです。この教師の失敗は、教室で大勢の前で言ったことです。

職場で、あまりにも悪意あるうわさなどを、しかも証拠もないのに言われたら、私はやっぱり、はっきりと言葉で誤解を解いたほうがよいと思います。

相手は言うかもしれない。

「そんなことを言ったおぼえないわ。失礼ね。誰がそんなことをあなたに言いました？」

「その人の名を言うと、あなたとその人の間がこわれると思うから言いません。しかし、私はたしかにあなたがおっしゃったと聞きました。そして、それは事実と違うということをはっきり申し上げているだけです。失礼します」

こんなとき涙を見せずに言えば、相手はあなたをしっかりしている人だ、うっかりいいかげんなことを言ってはならない人だと認めて、素直な人なら、あやまってくれると思います。

友だちづき合いの場合も、絶対に大勢の前で悪口を言うとか、ののしるとかはしないこと。

甘やかされて育った人、親からほめられてきて、周りもちやほやする。そういう人は逆に不幸ではないかと思うことがあります。そういう人は、他人はいつでも自分に好意を持ってくれているというような錯覚に陥りやすい。

また、家庭環境が恵まれず、いじめられて育ったような人は、逆に周りのすべてが敵に見えて、なかなか心の扉をひらかない。いわゆるひがみっぽい性格になりやすい。

しかし、人間のおもしろさは、どんなにいじめられて育っても、かえって人の心の痛みのわかる立派な人物になる場合が多いことでもあります。

結局、甘やかされて育っても、いじめられて育っても、その人が環境に負けず、自分を冷静に観察できるだけの強い意志と理性を持ち、さらに自分を大事にしていこうとするなら、つねに「自分はこれでいいのか」と反省して、きちんと生きていけるということだろうと思います。

人それぞれの性質があるけれど、私自身はかなり反省ぐせが強いほうで、それは家庭の環境と、学校教育の両方の影響があったと思う。

家庭は父が早世したので、父代わりにきびしいしつけをした母が一挙一動について、あれはよかった、これは駄目と批判してくれました。また、親戚の伯母叔母たちが、母の願いをのみ込んで、父のない子だから笑われないようにしなさいと言い言いし、兄も姉も母並みに私を批判してくれました。

そして、学校は、いまは学芸大付属となった師範学校の附属で、すぐれた教師と教師になろうという専門教育を受けている実習生が、これまた、人間はつねに反省を心がけるようにと、言い言いしました。私はそれらのきびしいしつけや教育がまた、嫌いではなかったのです。

人を言葉で傷つけたことはないか。うそは言わなかったか。そして、自分に恥じることがなかったら、他人にどう言われても、平気で胸を張っていよう。八方美人を願って、すべての人によく思われようとするのは無理というもの。

京都に住んでいたときのわが家の主治医の松田道雄先生は、「すべての人を自分の味方にしよう、いい子になろうと思う。それは無駄なことですよ。人は千差万別だから」とも言われ、いい言葉だと思いました。

3章

人間のほんとうの美しさ

「いたわり」のあふれる顔

私たちが生きていくのは、いつでも他人の中で生きているんですけれども、戦後の教育は自分を大事に、自分を大事にと言って、他人を大事に、という言葉があまりない。だから、若い人が、こういうことをすれば相手に迷惑だということを考えないのでしょうね。

たとえば、電車の中で、長い足を前につき出して腰かけると、人が足をひっかけて転んじゃいますよ。現に私の知り合いはひっかかって転んで、骨折しちゃった人がいます。こういう恰好《かっこう》をしたら人に迷惑だろうという考え、つねに他人ということがパッと頭に出て来ない。

私はまた、飛行機に乗って隣にタバコを吸う人がいるととってもいやなんですよ。

しかし日本の飛行機の中で「タバコ吸ってもいいですか」と聞かれたのはたった一度。ヨーロッパやアメリカに行く飛行機だとよく聞かれます。

乗り物に乗っていて、一番気になるのはくしゃみをする人、咳《せき》をする人。咳やくしゃみのときには、かならずハンカチを出してからやるんですね。せめて手のひらをあてるとか。これは学校ではなくて、親が教えること。

戦後の母親は、自分も働いているから、子どものしつけがとかく不足がちだと思います。学校の持ち物検査で、かならずハンカチっていうのがあって、小学校のときはちゃんとハンカチを持っているのに、中学、高校ぐらいになると、持っていかない。それでよく腕でこすってるのもいます。

いつでも他人を意識してする行動というのは、謙虚というか、つつましいというか、美しいですよ。

私はこのあいだ、甲府へ行って大きな花束をもらって、荷物もあった。

新宿の駅の階段を降りてきたら、一人の娘さんが階段の途中に立っていて、彼女はいったん降りたんですけど、私が階段を降りきらないので、また上がってきて、荷物をお持ちしましょうと、声をかけてくれました。

しかし、私はことわったんです。というのは、私は山女で、自分の手足のバランスを自分で考えながら、荷物があるときはどこに力を入れるかを考えている。横から手をとられたり、腕を引っ張られると、バランスが崩れてしまうから、私はいつの場合でも人に頼らないんですけど、そんなこと、その人は知らないで心にかかっている。あのおばあさん、あんな大荷物を持ってると。

その娘さんがすてきなのは、いったん降りて、また上がってきて私を待ってくれた。それで「ありがとうございます、大丈夫です」と言って、持っていたバラを一輪あげました。

このごろ電車の中で若い女の人がよく立ってくれます。

三十、四十、五十代ぐらいの女の人は絶対に立ちません。チラッと見上げて立たない。意外と男の人のほうが立ちます。

ところが、私の友だちで、電車の中で立ってると足が強くなるからって、人に席を立たれると、とても丁重にことわる人もいます。

一等いやなのはホームでつばきを吐く人ですね。立派な紳士だったり、立派な淑女みたいな恰好をしてきて、乗る前にパッと吐いてから乗る。

電車の中というのは、だいぶ前に私の夫が、渡辺美佐子さんと対談したとき、どうやったら演技の勉強ができるでしょう、と言われて、まず電車の中で端《はし》から端まで見渡して、一人一人を観察する。

その人の姿恰好を見て、どういう職業の人だろうか。背後にどういう歴史があるか。どんな育ちかなどと想像する。

私は別に演技の勉強ではなくて、頭をセットしてきれいにお化粧をした人が来れば、あの人が口をきいたらどういう言葉だろうなと想像します。言葉でがっかりするのはモデルさん。楽屋で鏡の前にあぐらをかいている。そのときの言葉遣いとタバコの吸い方に、お行儀の悪い人がいるんですね。

なのに、いったんステージに立つと、非常に気取った歩き方をしている。

俳優や女優の楽屋は先輩、後輩の序列があって、後輩は先輩を立てる。先輩はあんまり威張《いば》ったりすると下から悪く言われるから、自分をよく見せるように気を遣ってて、楽屋風景はきれいです。後輩は先輩の鏡台の前を拭《ふ》いたり、パッと草履《ぞうり》をそろえるとか気を遣ってる。

ところが、電車の中では、立とうと立つまいと、誰かが点をつけるわけでもない。それだけに、その人のふだんの生き方がわかる。

吸いさしのタバコを捨てる。これはわりに減りましたね。駅では駅員が注意するのでしょうか。

山で困るのは、山火事のもとはタバコの吸い殻から出るということ。消したつもりでも、山は風がありますから、風が火をおこして、ちょっとした草に移って、それがどんどん広がってしまう。タバコはこわいと思いますね。

そして女の人にとって、タバコは顔の皮膚を荒らすのではないでしょうか。

老いてなお美しいという顔は、心の持ち方と食べもの、嗜好品のとり方にもかかわってくると思います。あまり酒を飲みすぎてもダメ。化粧をしすぎてもダメ。それから自分を若く見せたいと思ってもダメ。自然に老いてゆくのがよい。

あまり美人美人と言われた人は、かえって年をとって衰えが目立つ。自分の容貌に誇りを持っていたので、久しぶりに会うと、自分から「すっかり年をとってシワだらけになって」などと言う。言われると、つい見ちゃう。

人間はかたちより心。若いときからそういう考え方で来て、その心は他者への思いやり、いたわりということに徹した人の顔は、老いたとき一番美しいのではないでしょうか。

幸せを与える人は美しい

人に悪い印象を与えないための心得をご存知ですか。

この間、ある婦人雑誌で、岩橋邦枝さんと「いい男の条件」ということで対談して、まずいやな男というのを話し合ったんですけど、私は、威張《いば》ったものの言い方っていうのがいやだと言いました。

それから人の悪口を言う人。その人がとっても汚く見える。

グループになると、誰かのやったことが気に入らないとか、あいつはこうであでと、人の悪口を言う人は必ずいる。そうすると、みんな白けちゃう。

それから、この人はここで言ってるから、またどこかに行っても言うだろうと、みんなの気持ちが不安定になっちゃう。だから、人の悪口をいう人はみんなに警戒されます。

次に、愚痴《ぐち》を言う人。まあ、聞いてちょうだいと言ってはじめる。相手によっては「あら、それこの前も聞きましたわ」と言うと、「何べん言っても言いたりないのよ」なんて。愚痴が困るのは、私たちは愚痴られれば同情して見せないといけないこと。心の中で「そんなことたいしたことないわ」と思っても、落ちこんだ状態を見せなくてはならない。

人はやっぱり幸せな明るい話を聞きたいものですよ。幸せそうな人を見ると、よかったな、と思います。

告げ口を言う人も困る。ここだけだけど、なんて言ってるけれど、どこに行ってもああやってるんだと思う。

自慢する人。自分の自慢だけじゃなくて、うちの嫁さんの兄さんの嫁さんの実家はとか、たどっていって自分のほうの自慢をする。これもみんなにいやがられますね。

よく話を途中でとる人がいるでしょう。ひとつの話題で話していると横から入ってきて「それはそのへんにして僕の話を聞いてくれ」とか、いきなり自分の話をはじめる人。これは礼儀としてもよくないですね。一人の話は終わりまで聞かなければ。

相手のものをなんでもけなす人。

責任をとらない人。自分は知らない、自分は関係なかった。それをやったのは誰かというようなときに、まず逃げようという態度を見せる人ね。それはいやがられますね。

陰口も嫌われる。みんなでその人のことをほめているときに、しかし彼にはこういう欠点があるといって、その場の雰囲気を壊す人。

私は、大きな声で笑う人も嫌いですね。列車の中で四、五人のグループがいると、かならずその中の一人が大きな声で笑う。それも短くすめばいいのにながーく笑っている。聞いててひとつも面白くない。

私は、ベタベタ体をくっつけてくる人も嫌いですね。握手《あくしゅ》がやっと許せる程度。急いで歩くとき、人の肩に触れることがあるでしょう。それですぐ「あ、すみません」、「失礼しました」と言わずにだまって行く人。電車の中で人の足を踏んで、知らん顔をしている人。つまり、他人への細かい気遣いを知らない。

このあいだ、世田谷のコーヒー店に入ったら、若い女たちが三、四人で、みんなタバコを吸って楽しそうにしてるんですけど、その周りじゅうに煙をふりまいていて、こちらのコーヒーがまずくなるような気がした。

それとミニスカート。

女の衣装は流行かぶれでは困るんですね。ミニスカートがはやると、あの人は全身を映す鏡を持ってないんじゃないかと思うような、ミニスカート姿が町の通りをかっ歩している。

その一方で、よその子を抱いてあやす若い女性は美しく見えます。飛行機の中で泣いている赤ちゃんを叱りつけているこわいお母さんがいた。

そのときちょっとお貸しください、私があやしてみましょうと、スチュワーデスが抱いてやさしくあやした。

そのときのスチュワーデスの顔はその母親より美しかった。これは思いやりの深い人ということだと思います。

心まで衰えないために

他人とは、自分以外の人間すべて。私は夫婦、親子であっても、身内だからと甘えてはならない、あくまでも相手は独立した人格と思ってつき合うのが、本当の人間らしい生き方だと思いますけれど、どうでしょうか。

私たちが生きてゆく周りは他人だらけ。私は子どものときから他人に迷惑をかけるなと教えられて育ちました。ではどんな言葉が、どんな行動が他人の迷惑になり、他人に不快感を与えるか、いくつかの例をあげて考えてみましょう。

まず、他人とのつき合いは挨拶からはじまる。私がテレビを見ていて気になるのは、リポーターがはじめて行く家での挨拶です。

「こんにちは、ごめんください」と言うべきときに、「ごめんくださーい」「こんにちはー」と語尾を伸ばす。相手に親しみを込めるためらしいけれど、実生活の中で「こんにちはー」というのは酒屋、肉屋などのご用聞きです。普通は「こんにちは」「ごめんください」と、語尾はきちんと切って言ったほうがよいのです。

テレビはまた、言葉が大変速い。何分でどれだけの内容を伝えられるか、短い時間にたくさん詰めこむから早口になる。

しかし、普通の会話は相手にわかってもらうために話すのですから、一方的に情報を流すテレビとは違うということをしっかりと考えて、決して早口で、相手がわかろうがわかるまいが、自分勝手にペラペラしゃべるものではない。それは相手に不親切というものです。

これもテレビで学生などにインタビューしているのを聞くと、「〇〇でーす」「△△はー」と語尾を伸ばすのが多い。

昔、全学連の大会に行ったら、まったく「我々はー」と語尾を伸ばすので、私は、これは言葉を言っているのではなく歌をうたっているのだと思いました。言うことに自信がないから、音を余分につけて言葉に強みをつけようとしているのかもしれません。

テレビのリポーターの「こんにちはー」「ごめんくださーい」を聞くと、やっぱり自分に自信がないのかと思ってしまう。自信があれば、しっかりした普通の挨拶ができるはず。あるいはひとつの遊びとしてそこへやってきているという不真面目《ふまじめ》な感じもする。

皆さんは上司の家へ行って「ごめんくださーい」と言うでしょうか。どうか、ああいう言い方はまねしないでください。

言葉の乱れということがずいぶん前から言われているけれど、友だち同士であっても「かも」とか「べき」のあとの動詞をはぶく言い方は遊びに見えます。あれもテレビドラマで、おもしろい表現として喜劇の中で使われたのであって、日常語の真面目な会話の中では言わないこと。

近ごろ少し減ったが、いい年をした大人の女まで「うそ！」「ほんと！」などと言い合っているのはおかしい。幼稚園児っぽいし、だいいち人の言ったことを「うそ！」なんて言うのは失礼です。

これもテレビを見ていて思うのですけれど、年をとった人に向かって「おじいちゃん、おばあちゃん」と話しかける。

ある老人ホームに行ったとき、ああいう呼ばれ方はどうですかと聞いたら、「名前で呼んでほしい。名前がわからなければ、せめて、おじいさん、おばあさんと言ってほしい」と、そこにいた人がみな言っていました。

「ちゃん」と呼ぶことに親しみを込めたつもりでいるらしいけれど、自分の孫から言われるのはいいけれども、他人から馴《な》れ馴れしく「ちゃん」などと言ってほしくないというのです。

「ちゃん」というのは、馴れ馴れしいし、相手に力がないからいたわってやるという気持ちが出ていて、ひとつの蔑称《べっしょう》にさえ思われるとのこと。

家を一歩出れば、他人に出会う。

日本に来た外国人がよく言うのは、日本は何かことをおこしても、酔っ払っていたからと言えば、すべてが許される酔っ払い天国だということ。こういう問題は、国家として何かの機会に取り組んでほしいと思います。

また、夜遅く電車に乗ると、若い男同士が肩組み合ってわめいたり、どなったりしている。電車に乗るなら正気になってからにしてもらいたい。酔った状態は正常な状態ではないから、喧嘩《けんか》もおこりやすい。他のものはハラハラして落ちつかない。

お酒を飲む人にはぜひ、きびしいマナーを教えたいものです。ときに電車の中に酔った女子学生が、男子学生につきそわれて乗ってきたりするのを見かけることもあって、親が見たらどう思うだろうかと人ごとながら心配します。私は自分も酒は嫌いではないから、酒飲みの気持ちはわかるつもりだけれど、酒を飲んで、人の前で酔うのだけは自分できびしく戒《いまし》めています。

だいぶ前に、カナダのバンクーバーでこんな体験をしました。息子の好きなワイルド・ターキーというのを買って帰りたいと思って、一人で街に出て、酒屋をさがして三人に聞きました。そのうち二人は自分は禁酒同盟に入っているので教えることはできないと答え、三人目の中年の主婦が教えてくれたのですが、酒に対する態度がきちんとしていて気持ちのよいことでした。

私の弟は貿易商社に勤めていて、三十年前に、私がはじめてヨーロッパから弟のいるカイロに行ったとき、弟から「ホテルに泊まったら、夜トイレや入浴で大きな音をたてないように。トイレはふたを閉めてから水を流すこと。入浴は夜十時ぐらいまでにすること」と言われました。

日本の旅館では、宴会場がいつまでも騒がしくて、近くの部屋の人が迷惑していることなど考えないみたい、というのにはよくぶつかります。

学校の修学旅行なども、先生がきびしく注意しないと、電気が消えても騒いでいる生徒があったりします。

もうだいぶ前に、私が上野駅から特急で仙台に行ったとき、どこかの中学生と一緒になりました。私の席は最後のほうだったのですが、男の子二人掛けのところに女の子が二人入って来て、つまり男四人に女が二人となってキャーキャーと騒ぐ。男の子が女の子のマフラーをし、女の子が男の子の帽子をかぶったりして、まるでどこかのバーの客とホステスみたい。

先生はどこかと見ると、ずっと遠くの席でこの生徒たちが見えない。他のお客も大勢いるわけで、私は一時間ぐらい、だまって見ていてから言いました。

「ここはあなたたちだけの教室でも運動場でもないの。本を読みたい客もいるし、病気の人もいるでしょう。静かにしなさい」

すると、男の子はすぐだまったけれど、女の子は騒ぐのをやめない。

そのとき、少しはなれた席で静かにしていた中の一人の男の子が立って私のそばに来て、「騒がしくしてどうもすみませんでした」と帽子をとってお辞儀をしました。

私はびっくりしたり、感心したり。どこの中学ですかと聞くと、その子は胸についている白い布を手で隠したのです。

校名が書いてあるので、母校の恥と思ったのでしょう。私はそのことにまた感心した。女の子たちも、その子が挨拶してから自分の席に戻って行きました。

これは中学生だけでなく、団体行動をとるときのふたつのあり方で、一方は浮かれはしゃいで周りのものの迷惑を考えない。一方は同じ仲間なのに、他人の迷惑を考える。どちらが美しい行動かは言うまでもなくおわかりと思います。

若さや美しさというと、日本人は、どうも外見上のことばかり気にしてしまうようです。化粧は外から皮膚に手を入れるのですが、本当に顔がきれいになるには健康が第一だと思います。

体の内側からきれいにするには、よく睡眠をとり、適当に休息をし、精神の安定を保つこと。

学校でも職場でも、心に悩みをためておかない。悩みごとは端《はし》からひとつずつ片づけてゆく。あの人が憎いとか、あの人を呪《のろ》うなどと暗い執念を燃やさないこと。目つきが悪くなります。

顔はその人の履歴書と言われます。心がいらつき、ひがみ、ねじれていれば、どんな化粧品を塗っても、その顔は決して美しくならないと私は思う。逆に厚化粧をすればするほど心の醜《みにく》さが目立つのではないでしょうか。

老いというのは、自分の容姿が衰えることではなくて、自分の心が衰えること、つまり心の持ち方で、いくらでも若さを保てると私は思います。

4章

いのち強く生き抜く

決意と勇気の強さ

私はよく、強いとかしっかりしてるとか、周りの人からいろいろ言われますけれども、自分ではまだまだ弱い、意気地《いくじ》がないと思っています。

強弱の標準をどこに置くか。私は自分の前にあらわれた難関を、いかに解決し得るかということがひとつの目安になると思います。

自分を見舞った大きな不幸、あるいは挫折《ざせつ》、そういうものに負けて、前途に希望を失うというようなのが一般。

それから、ある期間を経《へ》てまた立ち上がる。これが普通で、弱い人はもう立ち上がれないで、自暴自棄になるとか、自殺するとか、あるいはホームレスになって、世間との絆《きずな》を断って、自分を襲った難関を起点として、いままでの世界と断絶してしまう。こういうのはやっぱり弱い方でしょうね。

私は、子どものときに父を早く亡くし、結婚しても、子どもは病気になるし、家は没落するしと、苦労の連続でした。

それは私に原因があるのではなくて、家の没落は戦争のせいだし、子どもの病気も直接に私が原因になってはいません。

私たちの周りには、どうして選《よ》りに選《よ》って、私はこんなに不幸なんでしょうと嘆《なげ》いて、もう何をするのもイヤになったという人、いつかいいこともあると思って耐えていくという人と、今度はどんな難関が来るか、自分をうちのめそうとする障害物が自分の前途に待っているかと、むしろ積極的に自分を襲う不幸を待つようなタイプの人があります。

私はたぶん後者です。

というのは、私自身は自分の前にあらわれる事象に、すべて興味を持ってしまう性分で、今度はどんな不幸がやって来るのかなと考えてしまいます。

人間はどうせ死ぬのだから、死ぬまでの時間を、いろいろな不幸とたたかいながら死を迎えるのと、平穏で迎えるのとどちらがいいかと聞かれたら、私はたたかって生きて死ぬことをむしろ望みます。

そういう不幸をいかに幸福に切り換えるか。いかに不幸を解決するか。それは学校時代の数学の応用問題を解く楽しみに似ています。

たぶん、強い生き方というのは、そういう挫折や絶望に負けないタイプの生き方であって、むしろ逆にそれに興味を持って、それを分析して、その中で避けられるものがあれば避けようとし、避けられないことがあったら、いかにそれを撃破するか。

自分の生きる道に、大きな落石が来て、道を塞《ふさ》いでしまう。この道を塞いだ石をどう乗り越えるか。下をくぐるか、石にまたがって先へ行くか。

まずそれを考えることが、私などは面白い。

生きていくことの面白いのは、いつでも問題があって、それを解決してゆくことが面白い。

それが生きがいだと私などは思うほうですから、与えられた問題はちゃんと解決したいし、自分の障害物は取り除いていきたい。

そういう障害物、不幸にあったときに、はじめにまず嘆く時間というものがあります。それを早く切り上げてしまうこと。泣いても嘆いても解決にはならない。

若い人たち、あるいは人妻、あるいは人の夫でも、恋愛について悩むということがあります。私はこの恋愛について悩むということが嫌いでした。

まず、一人の人に恋着《れんちゃく》する。相手が自分をどう思ってるか、相手に対して自分はどう出たらよいか。恋やつれという言葉があるように、その恋愛を知られる前に、まず自分自身で悩むことがあります。

こういうのは、私は大変簡単に考えておりまして、相手が自分を思ってくれるかどうか、ぶつかって聞いてみればいいんですね。

思ってないと言われれば、ああそうですか、これは自分に縁のない人だと思って忘れてしまえばいい。

地上にはたくさんの人間がいて、全部男と女に分かれていますから、自分は好意を抱いても、相手はそうではない場合、自分が好意を抱くことが相手にとって邪魔だ、不愉快だという態度を示されたら、さっさとその場から去ればいいのです。

それを相手を自分の思いどおりにしたいと言って、刃物を振りかざしていったり、復讐の念に燃えていやがらせ電話をかけたり、職場で自分の思うようにならない相手の悪口、讒訴《ざんそ》を書いて相手を困らせたりというようなのは、およそ時間と感情の無駄。〝縁なきものは去れ〟というのが私の主義です。

執念深い性質を持った人がいます。相手から危害を加えられると、いつまでもそのことを根に持って、あの人の死ぬのを見てから死にたいとか、あの人の不幸を祈るとか。

だいたい人の幸福を願うというのは明るく楽しいけれども、人の不幸を願うというのは大変暗くて、人間の感情としては望ましくない。そういう感情が胸を満たしているとき、その人の顔つきは暗く、冷たく、第三者にもいい印象を与えないでしょう。

人間は、自分の心の中を、ときどき掃除する必要があるのではないでしょうか。この人のことはもう撤去して忘れよう。この人についてはこれだけ思ったから、相手がどう思おうと自分は自分なりの整理をしよう。

他人に対して無駄な感情、つまり、将来のあるつき合い方ならいいけれども、相手が自分を歓迎しないと知ったら、さっさと相手の前から消えてしまう。

一口で言えば、人間関係は淡白でありたい。もし執拗《しつよう》という言葉があるなら、自分に対して執拗でありたい。

自分はこういう自分でいいか。もっとしたいことはないか。これは他人の迷惑にもならないことです。

いじめられっ子は、ばい菌がついているとか、薄気味悪いとか、いろんないじめられ方をしますが、自分の尊厳を犯されて、それを気にしているだけでは、自分の尊厳、自分の誇りを自分で認めない人間だと私は思います。

世の中には、人の悪口を言ってまわるのが何より楽しみという人がいますから、そういうもののエサになって、自分の感情を遣うというのはまず愚《おろ》かしい。この愚かというのは、決して学校の成績の善《よ》し悪《あ》し、偏差値の問題ではありません。

自分を大事にするか、しないかということが基準で、自分にとって不愉快な言葉、不愉快な行為をされる。そういうことはいっさい無視して、知らん顔をして、相手にしない。気にしておろおろするから、いじめる相手は面白がって、なおいじめるのではないでしょうか。

私は十五歳から日記をつけて、何十年間の日記を持っています。それを読むと、面白いことに、志を立てては失敗し、また同じことを繰り返すことがあって、これが自分のひとつの性質だなとわかります。

それはまず食欲に対して大変意志が弱い。食べすぎ、飲みすぎ、おなかを壊した、翌日胃が重い。治って後悔している。そういうのを十年間に三度ばかりやれば、誰に教えられなくても、自分の日記から教えられます。もういい年齢になったんだから、そういう意志の弱さは直していこうと。

私の母はよく考えてからものを言えと、私に教えました。

ところが、私は言ってしまってから、なぜこんなことを言ったのかと考えるタイプですので、これも日記に、あんなこと言って悪かった、というのが、十年間に五度ぐらい書いてあれば、私は軽率にものを言う癖《くせ》があるとわかってきて、今度は気をつけよう。前もって気をつけるのと、気をつけないのとでは、他人への対応の仕方が違います。そんなことも、年をとることの面白さだと思います。

人それぞれに完全な人格というのは、生きているうちはあり得ないのではないでしょうか。おそらく大部分の人が何らかの欠点を持っている。それをまず知ること。そして、なおそうと努力すること。

そのために失敗を繰り返し繰り返しして、もう失敗をしまいと心掛ける。それが命の時間にいつも緊張感をもたらす。

夫婦の間、恋人同士の間に、これでいいのか、これでいいのかという反省がいつもあれば、飽《あ》きるということはないのではないでしょうか。

私は夫と六十二年間暮らしましたが、夫もそうだったと思います。毎日、相手の違った面を発見したり、思いがけないことを自分が言い出してしまったり、人間というものは、自分でも思わぬ表現や動作をすることがある。

ですから、私は夫婦の間に倦怠期《けんたいき》があるとか、恋人同士の間に刺激がなくなったというのは、お互いが無精《ぶしょう》でなまけもので、感覚が鈍いんじゃないかと思います。

犬や猫はものが言えないけれど、人間の言葉は人間に役立つためにあるので、お互い刺激がなくなったなあとか、お互いの間が平凡すぎてつまらないなあ、と思ったら、「私はこう思うけど、あなたはどうですか」と、聞いたらいい。相手が聞くのを待たないで自分から言う。

そこには必ずひとつの決意と勇気がいります。決意と勇気を持つというだけで生活に張りが出てきます。

困難を迎えて得るもの

老人をばかにする若い人に向けてひとこと。

私は六十歳のとき、二十三歳の息子と有峰《ありみね》から太郎兵衛平《たろべえだいら》、黒部五郎《くろべごろう》と、北アルプスの一番奥の山を縦走《じゅうそう》しました。息子が私の重いリュックを背負って、私は軽いほうを背負って。

すると、途中ですれちがった二十代の娘たちが「あーあ、私はあの年になったら、山へなんか来たくないわ」と言うのが聞こえた。

そのとき私は心の中で、あーあ二十代であんなことを言ってる人は、四十になったらすごいお婆さんになるだろうなと思いました。「私もあの年になっても山に行きたいわ」であってほしかった。

またそのとき、太郎兵衛平の小屋で、七十歳のお婆さんと会いました。四十四、五の子どもと、二十代、十代の孫の三世代が一緒に来ていて、立山《たてやま》から槍ケ岳《やりがたけ》まで、五泊六日で行くつもりとのこと。すばらしいと思いました。

中心になっているのは四十代の夫婦で、子どもは力の配分を知らない。山に多く行っていると、どのへんで力を出して、どのへんで休んでというのがわかる。子どもははじめに急な坂をとんとことんとこ走っちゃって、稜線《りょうせん》に来るとくたびれちゃう。

そういうのを親が教えたり、斜面の危ないほうを自分が歩いて、子どもや親に安全なところを歩かせていて、すばらしい家族だと思いました。

それから数年後の同じ山旅の中で、松葉杖をつく兄さんを、弟が一緒に山に登らせているのを見ました。

私は目の不自由な息子と行ったので、私もやっぱり谷沿《ぞ》いを私が歩いて、息子は安全なところを。山には木の根がいっぱいありますから、いちいち棒でたたいて、ここは木の根だ、ここは道が凹《くぼ》んでると教えながら行く。

そのうちにカンカンと金属の音がして、金属の松葉杖で一人の人が上がって来ました。松葉杖を確保しては体を押し上げてゆく。

そのあとから、兄さんの分と自分の分の大きな荷物を背負った弟が来て、自分が黒部五郎の谷を見てよかったので、兄さんにぜひ見せたくて連れて来たのだとのことでしたが、感心しました。

年を重ねれば重ねるほど、人生はいつでもたたかいだ、という意味がよくわかってくると思います。

戦後に、私が新聞社に勤めはじめのころ、あの人にこう言われた、この人にああ言われたと嘆《なげ》くことがよくあったのです。そのとき息子の病気の治療に来てくださる松田道雄先生が、「世の中すべて自分の味方だと思ってはいけません。一〇〇人いればかならず一人は敵がいる」と教えられました。

それから、戦前の築地座の名女優と言われた田村秋子さんから「あなたは自分の会う人がみんな味方だと思ってるのね。半分は敵と思わなければ」と言われました。

人生の大先輩から教えられた言葉です。

自分の周りにはかならず敵がいる、ということを考えることは人間を謙虚にします。自分はこれでいいいか。大丈夫か。すべてが味方だと思うと、安心していい気になって、自分を引き締める力がなくなって自堕落《じだらく》になってってしまう。

松田先生は「すべての人に愛されたいなんて、こんな欲深なことはありません。あなたに好意を持たない人があるということを知ることで、自分を磨《みが》いていくのです」とも言われました。

自分の欠点を知ってる人がいるとわかれば、欠点をなくそうと努力するでしょう。あなたのやることはすべて間違いない、なんて言われたら、人間なんの進歩もないでしょう。だから、敵をおそれてはいけないし、自分の反対の勢力があるとわかれば、いい気にばかりなっていられないから、敵のあることはありがたいことなのです。

映画のシナリオを書きはじめたころは、男の人ばかりの世界ですから、やっつけられると悔《くや》しくて、そんな人は死んじゃえばいい、なんて思ったけれども、悪いことを指摘してくれるから、次はそういうところに気をつけようということになります。

注意を素直に受けて、物事は自分にプラスにとらないと損ですよね。

あの人笑ってるけど、心の中では私のこと憎んでるのよって発想するのも面白いではありませんか。

人の好意に甘えすぎてはいけない。敵をおそれてはいけない。

人生はいつでもたたかい。そのたたかいの一番はじめが自分自身とのたたかいです。

あれもやりたい、これもやりたい。そして、自分でこれはいけない、あれは駄目と、取捨選択する。それが生きてゆくことのはずみになる。

私は田中のところへ来て六十年以上たちましたけれど、はじめの十年の印象が一番強い。何もかも慣れないことばかり。

次の十年は働き出したので、これも印象が強い。

そして、六十、七十ぐらいになって、子どもは大きくなる、仕事にも慣れてくる。山登りとか水泳とか、自分の好きなこともできるようになりました。

どんなに長く生きても、明日にも問題がおこるかもしれない。

そういうときに慌《あわ》てないような自分の強さで持ちこたえていきたい。どんな困難も迎えて、これを解決してみたい。

毎日毎日が自分を試《ため》しているような生活。これはひとつも退屈しない。

ただし、いつも私は祈りました。どうぞ私に力を与えてくださいと。

5章

孤独という大切な時間

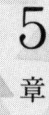

孤独ほどありがたいことはない

人間は年を多くとるほど、孤独になっていきます。知っているものが次々に先だってゆく。自分一人でいることの辛《つら》さも、ありがたさもひしひしと感じる。それが私には面白いのですね。自分が千変万化《せんぺんばんか》する。自分にはまだこんな力があったのかとおどろいたりして。

若い人は、みんなで集まってがやがや騒ぐのが好きみたい。でもそんな時期にこそ、一人でいること、つまり孤独の楽しみを見つける練習をしておいたらいいのだと思います。

私は、若いときというのはほんとに大事な時間だと思います。体は健康。感覚も鋭く、みずみずしくいろいろなものを受け入れることができる。若いときは長い一生の基礎をつくるときですね。

知識を詰め込むこともいいし、基礎的なスポーツをしっかりやることもいいし、時間がたっぷりあって、自分の好きなことを徹底してやることができる。自分一人に自分の力を集中して。

私の若いときによくやったこと。山手線に乗って、ひとつの駅の間に英語の単語がいくつ覚えられるか、それを何べんも山手線でぐるぐるまわりながら、試してみる。

日曜日には山。雨が降れば図書館へ行って、ひと月に何冊読めるか。

夏休みなどは泳ぎもずいぶんして、朝の五時から夕方の四時まで泳いだりした。

また、長篇を読むこともよくやりました。トルストイの『戦争と平和』、ドストエフスキーの『罪と罰』。『源氏物語』『旧約聖書』など、眠気をさましながら重い内容の本と格闘した。一度読んでもわからないときは二度、三度と読む。

いま私が八十八歳にしては元気だというのは、若いときに水泳と登山をよくやったからかもしれません。

学校が終わってから、土用波が立つまでのほんの半月ぐらいは海。そのあとは野《の》尻湖《じりこ》に移って湖水で泳ぐ。泳ぎも目標をきめて、今日は二五〇メートルを二往復したから明日は三往復クロールです。

はじめに千メートル泳ぐときはとてもつらい。ところが、二度目、三度目になるとだんだん水のかき方、足の動かし方のコツがわかってくるんですね。野尻湖に行ったときにはよくボートも漕《こ》ぎました。

私の場合は、同じ運動を繰り返しやって、楽になると、これは終わり。今度は何をしようかと新しい目標をさがす。和船を漕ぐということもやりました。これは荒川ですが、和船を漕ぐのはすごくむずかしい。櫓《ろ》のかき方が。兄の友人や弟の友人でうまい人に「こんど和船を漕ぐから教えてください」と頼んでついてもらいました。

プロ野球の張本勲《はりもといさお》という選手と対談したとき、「人が百本打つ練習をするときは、三百本打ちました。けれども、人の前で三百本は打ちません。人の前では同じ百本打って、あとの二百本は家に帰って、夜、誰も見てないところで打ちました」というのに感心しました。その勇気と情熱に。

私もわりにそういう傾向があって、学校の試験勉強はみんなの前ではしない。しかし家に帰ると新聞も読まない。食事もろくにとらないほど猛烈に勉強した。いつも自分を素材として挑戦、チャレンジするのが面白かった。どんなに眠くても予定はこなす。睡眠不足にどこまで耐えられるか。

結婚して子どもができたり、また外の仕事をしたりすると、なかなかそういうことはできません。

若いときは責任がないからいろいろなことに熱中できます。若いときを、友だちのうわさ話をして、おいしいものを食べ歩いて、というのではもったいないと思います。

茶飲み話に人のうわさをするというのは、老人になってからすることです。若者は群れから離れて、自分一人で熱中すべきものを見つけてやったほうがいい。

私はいま「一山百花」をノルマとして自分に課して山を歩く。ひとつの山に入ったら、かならず百の花を見つける。これはだいたいできます。あと五十となったら木の花を見つける。それから、たくさんあるからと捨てておいた花も数える。

熱心に何かやれば、かならず何かの発見があるし、そのこと自体がとっても面白くなりますね。

よくいじめられて自殺する人がある。仲間はずれにされる。シカトされる。無視される。孤独になる。それで自殺する。こんなアホらしいことはないと思います。

孤独ほどありがたい時間はない。自分の好きなことが自分勝手にできる。

仲間をつくりたがるけれど、仲間といっても全部の意見が一致することはない。その中に力の弱いものと強いものがあって、強いものはいつも自分の思いどおりにみんなを引き集める。そんなのより、自分が一人で、自分の中心になるほうがどんなに気持ちいいことでしょう。

ただし一人でお山の大将になってよろこんでいるのではなく、いつも言うように、自分はこれでよいのかという反省を忘れぬこと。

いじめられて、仲間はずれにされて、いつも一人で図書室で本を読んでる子がいて、作文がとても上手になりました。先生が感心して、みんなの前で、いつもその子の作文を読む。そうすると、いままでの悪ガキたちがその子を尊敬するようになった話を聞いたことがあります。いじめられてよかったわけですよね。

無視されること、仲間はずれになることをおそれることはない。ただ、山を歩くときだけは、私は一人で行くのはおやめなさいと言います。海で泳ぐときもそうです。危険なところに一人では行かないこと。

私の先祖は騎馬民族なのか、農耕民族なのか知らないけれども、逃げるよりは向かっていくのが好きですね。テレビで見るスポーツでも、サッカーやラグビーが好きです。あれは争うことが非常にはっきりあらわれます。

自分の生き方に自分で目標を立てる。さっき「一山百花」と言いましたが、今日、家を出て郵便局までの間に幾色の花を見つけることができるか。問題を自分がつくっていくと、ただぼんやり歩くよりは、とても面白い。

郵便局に行くまでの間に何匹の犬に会うか。茶色が一匹、黒が一匹とか。さっきも言ったように、自分で賭《か》けをするのも面白いですね。

私は八十八歳になって足ものろくなりましたし、すぐ腰が痛くなります。それをどうやって矯正《きょうせい》するか。自分なりの体操を工夫してるんです。

すると、家の中を歩くのでも効果があらわれます。腕立て伏せをし、足を直角に上げるとか、平行に保つ。昨日は五十回やった。今日は何回までやれるか。三百回やれるだろうかとやってみる。くたびれる。昨日三百回でくたびれたから、今日は二百回、ということを私はしない。三百回を繰り返すと、繰り返すことで三百回が楽になるんです。

同じ年のとり方なら、ただ器官が衰えていくのを待つよりは、せっかく持ってる自分の器官だから、できるだけそれを活用するのがいい。

家庭教師など頼まないで、子どもが小学校に入ったときから、ずっと子どもの教科書で親も勉強していれば、子どもが中学、高校と、親もその道は通っているんですから、できるはずです。できなければ、教師用の参考書を持ってきて、子どもと一緒にやればいいんですよ。

ところが、大学を出た親たちに、子どもの勉強は何年まで見られるか。だいたい小学校三、四年まではわかるけど、それ以上になるとわからないという人が多い。これは親のなまけです。

そうやっていけば、親の精神年齢はいつも子どもと一緒にあるから、親が五十になっても、子どもが二十歳なら、親も二十歳代の気分。

子どもたちが読む本も、何を読んでるのとのぞいて見ればいいんです。「どこが面白いの？」と。そこに話し合いの場もつくられる。

ワープロとかパソコンなども、やってみたらいいと思います。

弱気な自分をどうするか

孤独な十代、二十代、三十代、また六十代、七十代と、その人のいのちの長さと経《へ》てきた経験で、内容も受け止め方も違うでしょうが、たびたび繰り返すように、あくまでも孤独は自分にとっていい時間だと考えたいのです。

まず孤独を知るとき、自分で自分を大事にしようという気持ちがわく。

いつもいきいきと明るくなりたかったら、挫折《ざせつ》感の中にいつまでも長く落ち込んでいては駄目。

人間には復元力があります。誰に笑われても、人がどんなに軽蔑しても、自分にプライドを持って、やれるだけのことをやろう。入学試験、就職試験に落ちたというと、とってもみじめな思いになるかもしれない。

でも、落ちた人と受かった人と、どっちが多いかというとたいていの場合、落ちる人のほうが多くて、受かる人が少ない。そうしたら、落ちたということは自分には縁がなかったんだと思えばいい。

五十、六十歳になって仕事で成功した人の話を聞くと、たいていどこかで一度は挫折感を味わってますね。スイスイと来て成功したという人はじつに少ない。会社だったら倒産したとか、社員の月給が払えなかったとか。

あるいは物書きは、だいたい親が早く死ぬとか。恋人に裏切られたとか、挫折というのは、自分から求める必要はないけれども、自分が挫折し、落ち込んだということは何か新しい枝、新しい芽が生《は》える前の、陣痛の苦しみのようなものだと思えばいいのではないでしょうか。

子どもを産むために母親は七転八倒と苦しむ。そして赤ちゃんが生まれる。自分は八方ふさがりのような気がするけれども、かならず出口が見つかると信じて前進する。

全部の人が自分を見捨てても、自分は自分を捨てない。全部の人が自分を認めなくても、自分は自分の力を信じる。力は祈ればわく。自分には自分を守ってくれる霊がある。そういう人が成功していく。成功しなくても、そのように信じられるだけ、信じないよりは幸福ではないでしょうか。

夫婦の間でも、恋人同士でも同じです。夫婦や恋人たちは互いに自分が孤独であったときにくらべて、相手がいるという状況がまた新鮮です。この関係を持続してゆくにはどうしたらよいか、まず相手は自分に満足しているなどと甘えぬこと。

いつも人を待たせる女がいて、恋人に捨てられたということです。いつも五分遅れる。五分遅れたら、次は自分が十分前から行って待つくらいにしなければダメですよ。

いくら遅れてもあの人は待っててくれる、と思ってたから、相手はうんざりして去って行ったのです。

悪魔とか死神とかたたり神とかいうのは、弱気の人間にとりつくらしい。自分はきっと神様が助けてくれる。先祖が助けてくれると信じて、ひとつ失敗したら、次の手段をいろいろと試みる。こっちのボタンを押してだめだったら、じゃあこっち。どこを押しても戸が開かない。八方ふさがり。

そういうとき「一念岩をも通す」という言葉があるけれど、不思議と私には自分の願いはかなうと思うことがずいぶんありました。

たとえば、あの人が私にとても憎いというような顔をしてた。いつか私と笑って言葉を交わすようになってほしい。そっちに向かって念じるんです。そうすると、そうなる。

私はちっとも敵とかライバルとか思ってないのに、相手は誤解してるようだ。でもかならず理解してもらえる、と思うと、相手に対する顔つきが変わってくるんですよ。

人間というのはとっても微妙なものですから、いかなる場合でも希望を持つ。明るさのほうをとる。悪いほうをとらない。

右のほうがうまくいかなかったら、今度は真ん中。つねに絶望しないで切り換えを早くしてゆく。

そういうふうに、人生に挑戦し続ける生き方が、いつまでも心を若々しく保ち、老いを退治していくのではないでしょうか。

6章

よく老いるには

人間は死ぬまで未完成

私はいま八十八歳ですけれど、もう十分に生きたという気がぜんぜんしません。まだまだやりたいことが山ほどあるんですから。

この間、娘時代に書いたドラマと、戦後間もなく書いたドラマと、亡くなった夫の作品とあわせて三本を、中野のゼロホールというところで俳優座、文学座、桐朋の演劇科を出た方たちといっしょに、私はほんの二、三分ですけれども出演しました。

そのことを、ひとつの新聞が、この四月で八十八歳になった、八十八歳が初舞台ということで、ニュース性があるのでしょうか、大きく扱ってくれました。

私はたしかに八十八歳。

結婚してから六十二年ということは、生まれて二十六歳で実家を離れて結婚をしたから、人生の四分の三が結婚生活。

とても年など考える暇がないというか、八十八歳というと、たいていの人はもう自分の仕事はできあがって、あとは悠々自適というのが多いらしい。

私には娘時代からやりたいと思ったことが、六十年の結婚生活を通してまだやれてないのです。もう一度学校に入って植物や地質の勉強をしたい。お金のためでなく、自分の一番書きたいことを書くということがまだできていない。二十代の望みをいまだに持ち続けている。

勝手に年のほうが経過したのであって、自分自身は年をとったからやめようとか、年をとったから諦《あきら》めようという気は毛頭ないので、年の数が増えても、私自身はちっともびっくりしない。二十代と同じ気持ちでいる。

二十代の望みがまだ達せられてない私は、人生はいつでも出発のときという思いがあります。

よく熟年とか熟女という言葉がつかわれ、四十代から五十代にかけては熟年と言われているようですが、そうすると、四十、五十が熟年、熟女だったら、その先はどうするんですか。

あとは実がはじけるだけ。その人の人生はもうそれでおしまいですね。実が地中に潜《もぐ》って、新しい次の芽を出す。私はそう思わないんですね。

人間は死ぬまで未完成。

私はいまもいろんな望みがあり、そして、それを実行していこうと志《こころざ》し、かつまた毎日少しずつ自分の望みを積み重ねていきたい。学校に行けなくても、地質あるいは植物に関する専門的な本を読んで学ぶことを忘れてないんですが、かつて自分を熟年、熟女と思ったことがない。

だいたい自分の子どもがちゃんとしてるとか、社会的な仕事も終わったとかいうことで、よく定年をすぎるとボケ出す人がいますが、たとえ職場を離れても、後輩に自分のやり残したことを伝え、組織から離れても、元の職場における仕事のいろいろな面を啓蒙《けいもう》したり、開発したりすることはできる。

あるいは、定年を前にして閑職を与えられても自分は窓際族だ、現場から離れた、などと思わずに、この職場で自分のし残したことはないか、あるいは、自分のやってきたことを整理して記録に残すなど、積極的な姿勢を持ち続けたら、落ち込んだり卑屈になることはない。

また退職後はぜんぜん別のことを研究したり、勉強したりというのもよいでしょう。毎日の新聞を読んでも、そこから何らかの問題をつかむことができる。新しく研究してみたいことの手がかりができる。

つねに好奇心、探究心を持っている人は年をとらない。一生現場にいることができるのだと思います。

自営業の場合はすぐそれができるから、一生現場という感じで、空虚感に悩まされることは少ないと思うけれど、いままで組織の中にいた人が、退職後に自営業のところに弟子入りするという場合もありうるのではないでしょうか。定年後に手打ちのおそばやの弟子になるなど。

主婦の場合、夫の仕事は成し終えた。子どもはみんな立派な社会人になったということになったら、新しく自分の力を注《そそ》ぐものをさがして挑戦する。ほうぼうにカルチャーセンターができていますが、百ぐらいの項目があるので、その中から自分のしたいことを選んでやるのもよい。

私は地方の自治体の老人相手の福祉を活発に運用し、具体的な生涯学習をもっともっと積極的にすすめてほしいといつも思っています。

時間と体力があれば、七十代でも四十代と同じ仕事はできると思う。時間給の仕事をさがして、自分の小遣いくらいは自分でかせぐ。

夫や子どもは老いた妻、老いた母が学んだり、働いたりするのをよく理解して応援してほしい。

私の山の会は三十年続いていて、七十代が中心です。一日五時間ぐらいは歩けます。

いつか、土砂崩れで老人ホームの建物が破壊され、新しくできるまでホームが分散されることになったときに、一人の人が「私は二度と老人ホームには戻りません。自分の体の続く限りは、自分の食料ぐらいは自分の庭に種をまいてつくり、自分の食事は水をくんで火を燃やして自分でつくる」と言って、老人ホームに帰らない人がいました。

私はそれをテレビを見ていて、私も老人ホームには入りたくないと思いました。食事もすっかり用意され、出されたものを食べればいい。そういうのは自分から自分の頭を働かせ、自分の手足をつかうことがないので退化するばかりではないか。

私は女としていつまでも現場にいたい。専業主婦だったら、子どもたちと離れて夫と二人で助け合って暮らしたい。一人になったらなったで、もっと時間を自由につかっていいようなことができる。子どもたちと一緒だったら、適当に家の中で自分のできることを受け持っていきたい。

若い人にうるさがられないためにはどういう言い方、やり方がよいか、それを工夫するのも面白い。

人間の面白さは自分を変えていけることではないでしょうか。その柔軟さがあれば人は老いないと思います。

私は夫の母と三十三年一緒に暮らしました。はじめは家事は何にもできませんでしたから、ひとつひとつ叱られていましたが、そのうちに私も年を重ねて、家事を経験してくると、姑《しゅうとめ》の態度が変わってきました。

それまでは命令的だったのが、「お願いします」と言ってくれ、さらに夫の母のかしこいことは、子どもの前で、私の下手な家事を上手だとほめてくれるようになったのです。

体力的にもしっかりしていた母で、九十二歳で亡くなる年の三カ月前までミシンをかけ、私が仕事の多い女なので、家事は手伝い相手に、みな母がしてくれ、おかげで私も外の仕事ができたのです。

私は、女は必ずしも外の職場に出る必要はないという考えです。家庭の中もひとつの社会であり、職場なんですね。

家庭の中の人間関係をいかに円満にするか。そのために自分にはどういう欠点があるか。どういうところが自分と若い者を隔《へだ》てるのか。これはただ思ってるだけではなくて、どんどん発言して、みんなの意見を聞く。そういう雰囲気を自分からつくり出す。

これはとてもいきいきとした老人になると思います。

夫の母はいつもNHKの教育テレビ、3チャンネルを欠かさず見ていました。そこで歴史の勉強もできれば、会話の勉強もできれば、歌舞伎、新劇、いろんなドラマ、あるいは演奏会などがあって、テレビを見て教養を積むことができますから、その話題もひろがって、茶の間をにぎわしました。

家庭の中にいてもいくらでも視野をひろげ、教養を高めることができる。その手本として私は夫の母を推せんしたい。

子どもたちはいまも夫の母を尊敬していて、学校から帰るといつもおばあちゃんがいてよかったと、言っています。痴呆《ちほう》にも無縁で、記憶もとてもしっかりしていました。彼女には家庭は自分の職場という誇りがあった。

お金というのは、あの世に持っていけるものではありません。

もしゆずるべき人がなければ、しかるべき人に相談して福祉施設でお金を求めているところに寄付する。それを遺言として正式に書いておく。私立の点字図書館、私立の親のない子の施設、私立の老人ホームなどいろいろある。私立というのは、寄付にたよっているところが多い。

しかし老人ホームに入って、食事の心配もない、掃除もしないというのは、痴呆を養成してるようなものだと思います。人間は自分から積極的にやらなければ、神経が摩滅《まめつ》してゆく。体力もそうですが、つねに刺激を与えることで衰えを防ぐことができる。

老人ホームでも、働ける人は当番制で食事の支度や掃除をやったらどうかしら。ホームの費用が浮けば、みなでバス旅行に行くこともできる。

私は、いつも夫の母は締まりやだと思っていたんです。朝早く、庭に出て磁石で缶や釘を集めて屑《くず》屋さんに出す。

ところが、息子が大学に入ったら二十万ほどを出して、「これはみんな屑屋さんのお金、これで中古の車を買いなさい」と。

この母は亡くなる数年前から、古いゆかたでおむつをつくっていた。「お母さん、何ですか、おむつなんかつくって」と言うと、老人は年をとるといつ下《しも》の始末が悪くなるかわからない。あなたに迷惑をかけることがあってはいけないと思ってつくっていると。しかしおむつは一度も本人は使わないままでしたので、私はお棺に入れました。

どうしたら痴呆にならないか。

人間はいつまでも頭を使ったほうがよい。老人ホームでゲームとして、知能テストなどどうでしょう。ホームでなくて、市や区役所の敬老会の場であってもよい。

運動でもホームでお手玉で遊んだり、切り絵をつくったりよりは、バドミントンやリレーマラソンのほうが運動量が多い。骨折しないように気をつけて、身のこなしもうまくなりますよ。

水泳でもいい。溺《おぼ》れては困るから、老人用に浅いプールをつくる。もっと積極的な運動をどんどん取り入れたらいいと思います。

老いないための十の生活心得

老いないための十の条件。

人間はどうせ死ぬものですから、いずれ衰えて全部の器官がだめになるのだけれども、その元気な期間を少しでも延ばしたいと思う。

これは中国で、七十の古稀《こき》祝いのときに歌う詩だと中国の友人から教えられたものです。

百歳になった十人の人に、あなたはどうして百歳でもそんなに元気なんですかと聞くと、一人のひとが答えた。よく日に当たる。これは戸外に出ることですね。私は戸外に出ると、すぐに雑草が目につく。自分の家の外でなくても、隣の塀のそばでもヤブ蚊が出ないように雑草を抜く。戸外に出れば、いくらでもやることがある。やりながら日光を浴びるのがよい。

一人のひとが言いました。深呼吸をする。

深呼吸というのは深く吸って、ちょっと息を止めて、ゆっくり吐き出す。これは肺のためにも心臓のためにもいいことで、できれば、都会だったら、自動車がまだ走り回らない朝早く、あるいは夜になってから。

一人のひとが言いました。車を利用しないで歩く。

万歩計というのがあって、一日一万歩。私は万歩計はぶらさげてないけれど、歩数を勘定して歩く。

家の玄関から門までで五十歩ある。門まで十回往復すれば千歩、百回往復すれば一万歩。ポストまで五百歩、スーパーまで千五百歩。それで一日の歩きを合計するとだいたい六、七千歩は歩く。ちょっと足りないと思えば、自分なりの体操をします。仰向《あおむ》けに寝て、足を直角に上げる。イスに腰かけて足を平行に保つ。両二十回。三十六回首をゆっくり回す。手もゆっくり回す。

一人のひとが言いました。野菜を多く食べる。

野菜には繊維がありますから便秘を防ぎます。私は青汁を毎日二杯ずつ飲んでいます。ほうれん草、キャベツ、ピーマン、ナス、そして、庭の柿の葉、栗の葉、桑の葉、ミョウガ、ササ、ユキノシタなど。

その中に牛乳を入れることもあるし、あまると顔にぬっておく。乳液がわりで、私は三カ月に一本の乳液で十分です。

一人のひとが言いました。お酒はたくさん飲まない。

お酒については、徳之島の泉重千代《いずみしげちよ》さんという百十七歳で亡くなった方は、百十五歳のときお会いしてもピンピン。ひとつもボケておらず、すばらしいと思いましたが、八十歳から焼酎をコップに半分ぐらい、それにお湯を入れて飲まれたとのこと。

私はお酒もかなり強かったけれども、数年前に足の膝《ひざ》を割って痛むので、膝の痛みがある間はお酒は飲まないことにしています。

私の母は八十四まで健康でしたが、これも八十歳からお酒を少し飲みました。お酒を多く飲むことは胃腸を悪くするでしょう。

でも、ワインでも、ビールでも、焼酎でも、ほんのわずかのアルコールは血行をさかんにするのだと思います。

一人のひとが言いました。タバコは飲まない。

私の夫はこのあいだ九十歳で亡くなりましたが、ヘビースモーカーで、パイプで部屋の中が機関車の煙の渦《うず》になるように飲み、私はときどき窓を開けて空気を入れ換えましたが、お酒よりも、タバコの害はおそろしいのではないでしょうか。亡くなった直接の原因は肺に水がたまって心臓を圧迫して心不全。これはヘビースモーカーであったからですね。

タバコは二十代の人から、妊娠してる女性まで、よく飲んでますが、中国の百歳まで長寿を保った人はお酒もタバコも飲まない。

一人のひとが言いました。自分の利益を計らない。

金儲《もう》けしたい、出世したいなどと、現世の利欲に執着しない。いつか犬がお金を拾って来たというのがあって、犬が見つけるくらいだから、人間もというので暮れの銀座に行って、ガマ口ぐらい落ちてるだろうと下ばかり見て歩いて、自分のガマ口をすられた人を知っています。

一人のひとが言いました。くよくよしない。

私は元気がいいとよく言われるのですが、あまりくよくよしません。すんでしまったことを言ってもしょうがない。先のことを心配してもしょうがない。そのときになってみなくちゃわからない。

これは、「一日の苦しみは一日で足りる」という聖書の言葉が好きだからです。

明日のことを心配するな。若いときはよかったなあ、なんて考えるのも時間の無駄ですね。若いときは逆立ちしても戻って来ない。それより現在の自分の老いてきた体をどういうふうに大事に使うか。

一人のひとが言いました。朝早く起きて、夜早く寝る。

これは鳥と同じですが、私が自分で実験して早寝早起きのよいことを知っています。夜中に仕事をして、二時まではまだ大丈夫。三時まで起きていると、あくる日いくら一時間余分に寝ても疲れがとれない。いくら夜遅くまで仕事をしても、私は二時が限度です。

一人のひとが言いました。太極拳《たいきょくけん》をする。

太極拳はつまり全身運動をすることですから、「歩く」のところを参考にしてください。

私はもうひとつつけ加えたい。それはつねに問題意識を持つこと。つまりテーマを考えること。

新聞を見るといろいろな事件がある。そのひとつひとつが考えるテーマになる。なぜこんなことが起こったか、この人の考え方に自分は賛成できるか、いやできない、自分はこう考えるなどなど。

死の前に立ちどまれ

川が低いところに向かって流れているように、人間というのは死に向かって生きていくのですが、ときどき立ちどまって、この道でいいのかしら、この方角でいいのかしら、こういう歩き方でいいのかしらと、考える習慣を身につけたいと思います。

青少年の自殺は、日本は世界でもいつも高位を占めています。子どもが自殺する、その前のいろんな言動を観察できるのは親でしょう。

教師は何十人もの子どもを見て、ある限られた時間きり子どもに接していません。親は教師より長い時間子どもを見ているので、もしよく見ていればかならずその変化に気がつく。

警視庁の防犯課から自殺を防ぐための本が出ている。その中に、自殺者はつねにサインを出している。そのサインをとらえるのは親である。親が自分の仕事にかまけて、自分が生きることに夢中で、自分のあとに続いている子どものことをぜんぜん考えないと、子どもの微妙な変化がわからない。何らかの形でかならず変わった面が出ている。

子どものサインをとらえよということが、そこに書かれた第一の注意でした。子どもには、わかってほしいという望みがいつもあります。

親が仕事にかまけて、ことに母親が仕事を持っていると、現在の時点の日本の家庭では、男はあまり家事や子育てに協力しないので、女、つまり母親に負担が多くかかり、子どもには手抜きしてしまう。子どもの自殺を防ぐためには、父親も子どもを細かく観察することです。

自殺者が一人出ると連鎖反応式に自殺が多発します。だから、親は自殺の記事が新聞に出たら、うちの子はどうだろうと、まず考える必要があると思います。

私が親である人に望みたいのは、子どもにとって一番たよりがいのあるのが親であってほしい。親自身に生きがいがつかめてない、親自身が挫折《ざせつ》に弱い、家に帰ると愚痴《ぐち》ばかりこぼしている。そういう暗い家庭の中では、子どもは自分の悩みを打ち明けることができません。

子どものない夫婦の間でも、夫も妻も外の社会で、いろいろ傷ついて帰って来るんですから、相手の表情を敏感にとらえて、何があったのか、どこか体の具合が悪いんじゃないかと細かく観察し合えば、退屈なんかしてる暇はありません。

私たちの周《まわ》りには、親に悩みを聞いてもらえない子ども、疲れ果てているのに手を貸してもらえない人がいくらでもいるのではないかしら。

自分は幸せ、他人のことなどどうでもいいというような人は、心にひろがりがないので早く老い、自分は誰かの役に立ちたいといつも願っているような人、つまり何か自分のやるべきことが、この人生にあるんじゃないかと自分の出番を待っている人には、いくらでもやりがいのあることが見つかるんじゃないでしょうか。

家の周りを掃《は》くだけでも、通行人はきれいな道路を歩くことができる。外に行けば、体の不自由な人がタクシーを止めたくても、タクシーは走り去ってしまうというようなことにぶつかる。

そんなとき、その人の代わりにタクシーを止めてやるだけでいい。私はタクシーを止めるだけではなく、時間が許せば一緒に乗っていく。そんなことが何度もありました。

人から何かをされるのを待つのではなくて、自分から出ていく。自分からやる。そういう姿勢を心の中にしっかり持つことができれば、人間の生活の中で、することはいくらでもあると思います。

どこの市・区役所にもボランティア・コーナーがあって登録することもできるし、

特別養護老人ホームなどはどこも手が足りない。

時間ができたのでボランティアをしたいけど、相手を弱者として同情することは失礼ではないかと、ある人に言われたことがある。

いつか一人の人が「私は目の不自由な人を助けようと思ったけれども、その人はせっかく一人で信号によって道を渡っていくのだから、手を貸すことは失礼じゃないかと思って遠慮して手を出しませんでした」と言いました。

そこで、「それはあなたの考えであって、相手がどう思うかを考えたら、相手は自分を助けてくれた人がいた、と喜ばれるんじゃないかしら」と私は言いました。自分を中心に考えないで、相手の立場になったらすぐ答えは出てきます。

私はかなり世話好きな人間で、いつか山手線の駅で、足の不自由な人が階段を上がっていくので、その荷物を持ってあげましょうかと言ったら、ことわられたことがあります。「自分はいつも荷物を持って歩きつけています。誰か助けてくれる人があると、あてにするようになるから、ご親切は有難いけれど、私が倒れたら助けてください」と。

立派な答えで私は心からえらいなあと思い、口に出して「おえらいですね」と言うと、にっこり笑いました。

ある母子寮に行ったときに、子どもが母親の帰るのを待って、夕食の支度《したく》をしていました。私は感心して、お小遣いをあげようとしたら、子どもは絶対に受けとりませんでした。

あとから母親から手紙が来て、「ご親切ありがとうございました。私は子どもに、知らない人から何かものをもらってはいけないとしつけておりましたので、子どもは私の教えを守って、せっかくのご好意を無にいたしましたが、子どもは私のしつけどおりにやってくれて大変うれしく思いました」と言ってきたのです。

私はその母親も子どもも立派だったと思って、私が軽はずみにお小遣いをあげようなどと言ったのは失礼だったなあと反省したのです。そして改めてお小遣いを送りました。

面白いのは、いつか中央線に乗って眠ってしまい、東京駅まで行ってその電車が戻ってきた。気がついたらお茶の水でした。

慌《あわ》てて乗り換えて新幹線に間に合ったんですが、その後私は、東京駅に着いて寝ていて降りない人がいると注意するようになりました。

すると、あるとき、一人の老人に「私はこの電車をホテル代わりに使っているんだからよけいなことをしておこさないでください」と言われました。世の中にはいろんな人があるものです。

7章

夫婦・家族の老年学

人間を深く知る絶好の機会

人生に結婚ほど面白いことはないと思う。

「成田離婚」とか「バツイチ」という言葉が流行《はや》るように、いま日本でも離婚する夫婦が急増している。そんな人たちは、男と女が二人で生活していくことの、むずかしい面ばかりを見てしまっているからではないか。

私が離婚に反対なのは、とにかく人間同士が、相手を大勢の中から選んではじめたのだから、簡単にやめるのはまずお互いを裏切り合うことだと思うからです。

あるとき、ぜんぜん意見が反対なこともあるし、お互いに不愉快なことがあるかもしれない。それを調和させ、それを許し合うのが結婚の面白さなのにと、まず思う。

結婚というのは、特定の相手を媒体として、人間を研究する絶好の機会と思うので、与えられた機会をそう簡単に捨ててはもったいないとも思う。九九パーセントいやな男に、一パーセントでもいいところを見つければ、毎日ひとつずついいところを見つけていって、一年かかって四五パーセント、五五パーセントになるかもしれない。人間を発掘する楽しみがそこにある。

生命力のある女は何人かの男を通して、人間研究を達成するかもしれないけれど、私は自分の生命力を何人もの男に分散して使うより、一人に集中させたい。

一人の男なり、女なりを途中で投げてしまったら、その人間の全部を知りつくすことができない。

鉱脈を探して山を掘るときに、ここは出ないと諦《あきら》めて投げてしまう。ところが後から来た人が、そこを掘って鉱脈に当たることがあります。

サルがタマネギの皮をむくときは、最後の最後までむいてみるというけれども、結婚という形で与えられた人間は、とても貴重な人間研究の素材だと思う。

それを途中で投げ出すということは、忍耐力がないか、粘着力がない、無精な人間、なまけものがやることだと思います。

この間、未亡人ばかり集まる会に行って、夫が病死した若い未亡人に相談を持ちかけられました。

どういう人と再婚したらよいかと。何年か亡くなった夫との生活があるわけですから、結婚しない人よりは男というものがわかっているはずだから、なおよく観察してほしい。

未亡人というのは夫を失った女として弱味がありますから、そして世の中には悪い男がいて、その未亡人にたまたま財産があるということで、利用された、騙《だま》されたという話はいくらでも聞いて知っています。

ですから、よく相手を調べ、親しい人に相談して慎重に再婚してほしい、と言ってきました。

これは男にも言えるわけで、妻に死なれて子どもがいて、誰でも女でさえあればいいなどと言う人がいますが、慌《あわ》てて相手を選んでもダメ。

最悪の場合、相手はいない、自分一人でやっていくという覚悟の上で、この人なら大丈夫という人にめぐり会ったら、子どもたちとも相談する。また、相手にとってもこの人との結婚は幸せになるという自信が持てたとき、結婚すればいいと思います。

結婚生活は長いほど楽しみがあるものです。それはお互いに人間的に成長してゆくからですし、夫婦という関係は、心も体も全部お互いに知り合ってゆくので、無限に面白味があると思います。

夫の母から「あなたはお母さんの流儀で育ったけれど、今度は私の流儀であなたを教育します」と言われて、子どもを置いて別れて出てきた人がいます。私は、それなら、夫の母の流儀ってどういうんだろうって、よく観察すればいいと思う。

それが夫を理解するひとつの要素になる。しかも子どもがいるのに別れるっていうことは、絶対よくないと思います。子どもがかわいそうですよ。

いつかテレビで、両親が離婚して、子どもだけで生活しているところに、一カ月交代でお父さんとお母さんがやって来るというのを見ました。

お父さんの自動車が右のほうから来ると、お母さんが洋服ダンスから、自分の洋服をスーツケースに詰めて左の裏口から出ていく。玄関からお父さんが来る。

一カ月たつと、お父さんが自分の洋服をスーツケースに詰めて、裏口から出て行き、お母さんが玄関から入って来る。

アナウンサーが子どもたちに「こういうのをどう思います？」と聞いたら、「お父さん、お母さんは一カ月ごとにどこかに出張してると思ってる」と言っていました。

もうひとつの例は、お父さんは再婚している。お母さんも再婚している。子どもだけが四人か五人で暮らしている。その両親の再婚している家に、子どもたちは一週間ぐらいずつ遊びに行く。

この場合はお父さん、お母さんの家にはお招《よ》ばれして行くと思っていて、自分たちは親のない子だと思っているというのが哀れだった。

そういう境遇の子どもたちに共通しているのは、ぬいぐるみを持っていたり、ペットを飼っていたりするんですね。小鳥とか小動物をかわいがっている。さびしいんですね。

そして、お母さんたちがそろって美人で冷たい表情でした。夫や子どもたちというのは自分の仕事の邪魔になるからと、夫も子どもも捨てて仕事をとったというところも共通しています。

いまフェミニズムということで、女の生活を大事にするという。いいことだと思います。日本のように男優位の社会ではフェミニズムの実現のためにはたたかいが必要。

そのたたかいは相手から逃げるのではなくて、相手を自分の中に吸収するというやり方があってもいいのではないか。つまり、自分と相反する勢力の中に、自分の勢力を植えつけていく。面白いと思いませんか。

鳥取に疎開していたころ、夫の母が、あるとき二階の私たちの部屋をのぞいて、私が足を投げ出して編物をしていると「女は足を投げ出すものではありませんぜ」と言って下りて行きました。

しばらくして、私が買い物に出て、忘れものをして玄関からでなく、茶の間のガラス戸をあけたら、夫の母が足を投げ出して新聞を読んでいた。

そのとき私は「あら、おかあさんも足をお投げ出しになるのね、うれしいわ」と、上がって行って一緒に足を投げ出した。そうしたらいつもきびしい人がにっこり笑いました。面白いでしょう。

私が、七度五分の熱で寝ていたら、「私は八度まで寝たことがありませんぜ」と枕もとで言う。

「私の実家では七度から寝ます。七度までは我慢してましたが、七度五分になったので寝ます。晩の支度《したく》のお手伝いはできませんのでよろしく」と、そのまま寝てました。結婚生活には面白い種はいくらでもあります。

実家の母がいくら帰れ、帰れと速達をよこしても、毎日面白いことがあって帰る気になれない。今日は何があるかと。

私は買い魔なんですね。夫の母が「八百屋やるとですか」「いいえ、十五個も買って玄関の棚に積んでおいたら、夫の母が「八百屋やるとですか」「いいえ、いろんなカボチャを買って眺めてよろこんでますの。あれはまあるいし、こっちのは細長いし、いい眺めですねえ」。するとやっぱり、おかあさんはにっこりとなるのです。苦笑《にがわら》いかもしれませんが。

私は何でも面白がる性質なのでしょうね。

子どものときに、母が私が言うことを聞かないのを悔《くや》しがって、膝《ひざ》を物差《ものさ》しでぶつのです。私は「ひとぉつ、ふたぁつ」と数えて、三つ目ぐらいになると母が涙をこぼす。

それを見て「お母さん、ハンケチは?」。すると母は笑い出しました。「しょうがない子ね」と言いながら。

私の友だちに家庭裁判所の調停員をしている人がいて聞いたのですが、いまは女のほうからの離婚の申し立てが多いとか。

結婚しても仕事をさせるといったのに、結婚したらやめさせられた。一番多いのは食事のことで、嫁さんは朝はコーヒーとパンにハムエッグ。お姑さんはごはんにおみおつけにぬか味噌漬《みそづけ》。食事が合わないから離婚する。

そういうとき、私の友だちの調停員は、それじゃあ間をとって、おみおつけとコーヒーを一日おきにしたらどうですか、そのほうが栄養も偏らないでいいですよっていったら、婿《むこ》さんが、それじゃやママがかわいそうって泣き出した。

食事のほうは結局、調停員の考えを生かし、仕事のほうは、夫がゆるすということで解決したそうです。ただし、子どもができたらやめる条件で。

いまは夫婦別姓が問題になっていますが、女はとにかく相手の家に入って、自分の親ではないのに、おとうさん、おかあさんと呼ぶ。

私は、うちの息子の妻たちが「おかあさん」て言うとき、とてもえらいなぁと思い、ありがたいと思いました。

私など、はじめの一カ月くらい、「おばさま、あ、おかあさん」などと言っていたのですから。

いつまでも夫婦であるために

よく「おしどり夫婦」とか「仮面夫婦」などというように、夫婦の関係を面白く形容することがあります。

しかし、たしかにはじめは「おしどり」でも、いつの間にか二人が冷めきってしまうことはあるものです。まあ、それも人間なんだからしょうがありません。誰だって飽《あ》きはくるものです。

ただ、そこから、どのように考えるのか、どのように実際に行動するのかで、その夫婦の力量が問われます。結婚が末永く続くかどうかにもノウハウはあるものです。

離婚流行《ばや》りで、アメリカでは四組に一組は離婚すると言います。日本もそれに追《つい》随《ずい》するように離婚が流行る。

私は、二年、三年で別れるほど、相手を信頼できないなら、あのものものしい結婚式を挙げる前に、なぜもっと慎重に相手を観察しなかったのか、相手との間に共通点がないとか、この結婚はうまくいきそうもないな、という勘は働かなかったのか、残念でなりません。

新婚旅行、新居に持ち込むいろいろな道具、どこで式を挙げて、どういう服装をして、というような外面的なことにばかり熱中している。そして私は結婚式のあり方に関係なく、互いに選ばれた人間同士として、そう簡単に別れられないと思えば、相手への見方も変わってくると思います。

私が離婚に反対なのは、一人の相手を見きわめるだけでも、長い年月がかかるんですね。

私は六十年を越えてまだ一緒だったけれど、それでも毎日、何らかの発見がかならずありました。

私の子どものころ聞いた離婚の原因は、本人同士の問題より家風が合わないというのが圧倒的に多かった。そこには当事者の両親の問題が絡《から》んでいたけれども、これも事前に研究すればわかったことで、私の知っている限りの離婚者はみんな不幸でした。

私が離婚に反対なのは、子どものころから娘時代にかけて、周りに離婚者がたくさんいたからです。それはわりに富裕な家が多くて、娘をそんなところで苦労させたくない、という親心が別れさせたんですね。

結婚をひとつの就職と考えて、いやでしょうがないけれども、生活のために我慢するというのが多く、我慢する必要のない人はどんどん親が娘を引き取ってしまったのです。

引き取られた女の人たちは、お茶やお花の先生なんかをして自活ができますから、経済的には何の不安もなく暮らしていたけれども、子ども心になんともさびしそうに見える。

ことに子どもを置いて出てくる離婚が圧倒的でした。子どもは相手の家の跡取りだから連れて出ることはできない。

その子どもたちが非行少年、非行少女になる例がいくつもあったので、やっぱり子どものために、家風が違っても残るべきじゃないかなあと、思いました。

そして、私も自分が結婚してみると、家風がぜんぜん違う。私は気の強い女ですから、自分からここの家の家風を変えていこうと思いました。それはひとつのたたかいでした。

私は家風が違うところが面白くて離婚しなかった。

こんな面白い材料はない。自分がいままで生きてきた生活環境とまるで違う。そういう中から、ひとつでも自分にとって快適な環境をつくっていこう。そのために相手を説得しようとする。

これは面白いゲームのようなものでした。

子どもにとって一番気になるのは両親の不和です。自殺もそれが原因のひとつです。両親が不和である家庭に育った子どもは、何かのきっかけがあると、大人の生活に絶望しているから自殺してしまいます。恋愛にも臆病になります。

地上にいっぱいいる男女の中から、夫となり妻となるということは、ひとつの縁だと思います。

家風の違う中で、自分のやり方を押し通して、これでもいいでしょうと言ってみるのも面白いし、ときには相手の思うとおりにして、相手がうれしがるのを見るのもまた面白い。

むしろ、すべてがよく合って、何の波風もないところだったら、私は退屈したかもしれません。

私は夫と結婚して一週間目に「あなたに敵があったら私がやっつけてやる」と言

ったのです。

劇作の師のところへ行ったら「あなたの御主人は敵が多くてねえ」と言う。門を出るとすぐに「あなたの敵って、ちょっと並べてよ」と言ったら、三人ぐらい名をあげた。

一人は背が高かったから「こんなの、足を払えばいい」。太ってるのは「一緒に歩いてドブに落とせばいい」って。そういう想像をするのが面白くなっちゃう。

平成八年四月四日号の『週刊文春』に阿川佐和子さんとの対談で、ある人をぶん殴《なぐ》った話をしました。

夫の戯曲についての批評なのですが、私にはそれが気に入らない。

パーティで会ったとき、ちゃんと挨拶した上で、ビールの空瓶《あきびん》で背中のところをちょっと叩いたら、彼は笑っていましたね。

娘のころ、学校の帰りに電車の中でへんなことをする男がいたので、これも新宿で降りて追っかけていって、洋傘でひっぱたいたけれど、これもニヤッと笑った。

男は女に殴られるとうれしいのですかね。

とにかく結婚すると、相手をかばおうという気になる。

若いときは一番かわいいのは自分ですから、自分以上に大事にしようという相手の出現は、人間としての自分の革命です。

まったく新しい自分がそこにいる。それを発見しただけでも結婚してよかったと思います。

夫婦喧嘩の楽しみ方

夫婦というのは、一人の男と一人の女が公的に一対《いっつい》として認められ、その間に子どもができても、できなくても、一組の男と女が互いに貞潔を誓い、共に協力してこの人生を生き抜いてゆくものと思う。

でも、近ごろの週刊誌や新聞を賑《にぎ》わしているのは、一組の男女として同棲していて、じつは一方に別の相手があることがわかっての、煩雑《はんざつ》な事件の発生の多さです。どちらかがはじめから相手を裏切っている。そして、裏切られたほうは、自分の粗忽《そこつ》を棚にあげて嘆く。どうしてもっと調べなかったのかといつも思う。

実際の結婚をしてから、相手に妻子がいるのを知らなかったとか、女に夫があるのを知らなかったなどということで、刃傷沙汰《にんじょうざた》をおこしたりするのがあるけれど、私などはなぜ結婚相手を調べないで一緒になったのかとびっくりしてしまう。

いろいろあったけれど、いまは完全に独身です、と言えるようなのはまず及第点をあげられます。だいたいこういうことは、女があせって身許《みもと》も調べずに、相手として扱うような場合が多い。

あるいは、離婚した人と再婚するとき、どういう理由で離婚になったのかを聞く。すると前の奥さんは、自分とよく似た性格だとわかり、だったら自分には自信がありませんと、ことわることもできます。

私は娘時代から、恋愛結婚より見合い結婚のほうがよいと思っていました。恋愛はやっぱり感情がたかぶっていて、とかくムードに酔わされ、しっかりと現実が見られないから駄目。

異性の友を得た場合、あくまでも遊びの相手なのか、将来行きつくのはどこなのか、適当なときに、これもたしかめたほうがよい。お互いに独身だから、結婚の可能性はあるはず。それなのに、ただだらだらと会って話し合うだけ。

ひどいのは、性の関係を持ってから、いざ結婚はと切り出すと、ただのお遊びだったなどと言われる例もあります。

だから、真剣に結婚の相手を見つけて、家庭をつくろうと思ったなら、絶対に感情抜きで、この交際の終着点はどこかと、聞いたほうがよい。

別に相手があるとわかったら、さっさと別れること。裏切られたとか騙《だま》されたなどと騒がず、縁のないものはすっぱり絶ち切る。

男女の交際には、いつも批判と理性を忘れてはならぬと思う。

この広い世の中に男と女が星の数よりもっといっぱいいるのだ。かならず自分の相手は見つかるという希望は失いたくない。

よく、結婚を約束した、それが破れたということで刃物三昧《ざんまい》になるけれども、これだけ日本は物質文明が進んだのに、すぐ刃物を持ち出すところは、江戸の時代劇そのままだと思ってしまう。

もともと、相手が自分の思うとおりにならないから殺す、なんていうのは絶対に愛情ではない、自分の独占欲です。

あるいは自分の面子《めんつ》に傷がついたという見栄っぱり根性。そこに愛などみじんのかげもない。愛は相手の幸せを願うことからはじまるのです。

日本では長い間、恋はあっても愛という感情は育たなかったのではないでしょうか。歌舞伎でよく上演される心中ものなどは、愛ではなく独占欲だと思う。

好きだ好きだと言いながら、相手の胸を刺すなんて、何事かと思ってしまう。

もし相手を愛していたら、自分が身を引くとか、あきらめるとか、そういう作品があまりない。

しかも心中ものの相手は多くが遊女です。家が貧しくて身を売って親を助けている女たちを、自分一人で死ぬのは心細いので一緒に殺してしまう。

さて、選ばれて夫婦になった場合、相手に別に愛をそそぎたい人間があらわれたらどうするか。

私は、妻が、あるいは夫がいるのに、別の人間に愛を移すなんてことは、人間として困ったことだと思うけれど、現実にはよく発生する問題で、身の上相談に当事者から悩みを打ちあけられることは何度もあります。

そして私が言うことはいつも決まっているのです。ひろい世界には男と女がいっぱいいる。たしかに現在の妻、あるいは夫より気に入った相手があらわれる可能性もいっぱいある。

でも、と私は言う。何年かたつとまた別の人に目移りするんじゃないかしら。思いきって夫に（あるいは妻に）、あなたより別の人を好きになったと言ってごらんなさい。きっと夫（あるいは妻）の態度が変わるから。自分が悪かったと言って。

そしてそのとおり実行して、うまくおさまった例がいくつもある。

かつて離婚は結婚十年目ぐらいが一番多いといわれたが、いまは四年目ぐらいからはじまるという。これは動物が子どもを独立させるのと同じで、子どもは四年もすると成獣になるから親は事実上の子ばなれをする。

それと同じように、夫婦も四年で一区切りというのはアメリカで近ごろ言われたことですけれど、これは動物と人間を同一視した乱暴な意見だと思います。動物の周期と人間の周期を一緒にされてはたまらない。

たしかに、見合いにしろ、恋愛にしろ、一組の男女がひとつ屋根の下に暮らしてみると、お互いに相手の欠点が目について、どうにもならなくなることがあります。口うるさい人は服装にまでいろいろ批評を言う。客の帰ったあとで、さっきのあなたの態度はよかったの悪かったのと批評する（私は夫も妻も「あなた」と呼び合っているという仮定のもとに言っている）。

その言い方が古女房、古亭主になるほどトゲトゲしくなり、憎々し気になったりする。ああうるさい、別れてしまおうかということになる。

売り言葉に買い言葉。

「何べん言ったらわかるんだ」と夫。「どうせ頭が悪いんですよ」と妻。これは両方とも悪い。「この間も言ったけど」と言う夫に、妻は「すみません、今度こそ気をつけます」と受ける。

「まったくいやになるな、もうちょっと片づけたらどう」と夫。「くたびれてるんですよ。文句ばかり言ってないで手伝ってくださいよ」

これも両方とも悪い。「だいぶ散らかってるな。少し片づけてもいいかい」と夫。「あら、すみません。手伝ってくださってうれしいわ」と妻。両方にいたわりと感謝がある。

一方に夫婦喧嘩《ふうふげんか》は犬も食わぬという言葉があって、夫婦で互いに他人に向かって相手の悪口を言い合っている。

このとき妻の味方をして、夫の悪口を言い、夫の味方をして、妻の悪口でも言ったら大変なことになる。夫婦はいつしか二人の間で和解していて、悪口を言った人のことをひどい人だなどと言っていたりするのです。

覆水盆《ふくすい》に返らずという言葉もあるけれど、夫婦の場合は覆水盆に返るのです。夫婦が互いに憎み合い、顔を見るのもいやということになっても、お互いに別の異性とつき合ってみると、やっぱり古亭主が、古女房がよいということがわかってくるのです。

だいたい、他人の夫、他人の妻が好きになるなんて人間は、空き巣泥棒《どろぼう》に似ていて、その根性はあまりよいとは言えないと思うのです。他人のものを盗むから面白い。

私は、他人の夫が好きになり、自分の夫と別れて一緒になりたいと言ったら、相手の男がびっくりして逃げ出した例をいくつも知っています。かくれてこそこそやるから面白いので、公然と離婚してまで一緒になる気は毛頭ないのです。

夫婦喧嘩は決して言い合いにしないこと。

一方が言ったら、一方は黙る。何と言われても黙っていて、相手がくたびれたころ、夫でも妻でも、お茶を一杯いれて出す。

「のどが渇いたでしょう」と、これでおしまい。

私は父親が早く死んで片親だったので、家族そろった形にあこがれていました。両親そろっている友だちを見ると羨《うらや》ましかった。けれども、私には本当の母がいてくれるということがありがたいとも思った。

私の心の中にそういう原風景があって、離婚というのは、やたらめったにするものではないと思うようになっていきました。

私の母はもともと、私は一生独身で勉強していればよいという考えを持っていたから、夫と結婚して、家風がぜんぜん違うことを知ると、何度も何度も、帰れ帰れと速達をよこしました。

あなたは自活できるはず、土地も分けてあげる。そんなところに我慢している必要はないと。

そのとき私は、子どものころ見ていた、親戚や知り合いの離婚者たちも、このような親の手紙をもらったのだろうと思ったものです。

私は結婚して三年目に一児の母になりました。友人で離婚した人の中には、再婚した人もいましたが、子どもは前の婚家に残して来ていて、残された子どもが非行に走ったなどという話も聞かされていました。

しかし、私は子どもがいるから、離婚するのはいやと思ったのではありません。いろいろ縁談があった中で、一人の人を選んだ。家風はたしかに違う。しかし、いったん結婚した以上は、家風が違うからといって別れようとは思わなかったのです。家風など変えていけばよいのですから。

ずっと以前『愛する』という連続のラジオドラマを書きました。

夫が一夜、別の女と交渉をもって帰って来る。その結末をどうしたらよいか。クラス会に行ったときに友人たちに聞きました。

そのとき出席していた友人が異口同音《いくどうおん》に言ったのは「そんな男殺しちまえばいいのよ」。

たぶん彼女たちは、実際にそういうことになっても殺さないでしょう。しかし殺したいほどの思いは持つでしょう。

私ならどうするか。私はもしも夫が浮気したとしたら、自分の何が夫にとって不足なのだ、不満なのだと思い、夫にそれを問いただし、夫の気に入るような自分につくりなおそうとすると思います。

夫がそれでも私以外の女のほうが気に入っていると言えば、子どもを連れて別居するでしょう。

その別居が一生続いても、離婚しようとか、別れて再婚しようとは思わないでしょう。子どもには父親が必要だと思うから。

私にとって夫という男は一人きりであり、子どもにとっても父というのは一人きりです。

夫の心に自分は必要のない女になっても、子どもにとって必要な父であってほしいと願うでありましょう。

そして、私の心に夫へのそれだけの思いがあれば、夫はいつか別の女と別れて戻ってくる、などと想像するのです。

このひろい宇宙の中で、一人の男と一人の女が結ばれるということは、自分以外の大きなものの意思を感じずにはいられない。

夫婦はまず別れないという前提のもとに、互いにどうしたらよいか考えたらよい。たとえ夫が浮気しても、あまり騒ぎたてないこと。夫の尾行をしたり、夫の手帳を調べたり、夫の上司に話したりなどというのは最低。夫婦の間が険悪になっても、その状態を率直に話し合ったらよい。

「あなたが鼻について、どこの誰さんがよく見えてしょうがない、どうしたらいいでしょう」

と妻が言う。

私が夫だったら、

「僕が死んであげよう。僕は死ぬから、きみはあの人と一緒になりなさい」

夫が真顔で言えば、やっぱりショックを受けるのではないかしら。これは夫に好きな女ができたときも同じ。

「私が死んであげましょう」

これは妻の演技だったかもしれないが、実際に妻の自殺未遂で、夫が浮気をやめた例はいくつもあります。

私は離婚するというのは、夫婦ともども、なまけもののやることだと思います。夫が浮気するのは妻の座にあぐらをかいているような、妻の態度が気に入らないのでしょうし、妻が夫以外の男に惹《ひ》かれるのは、夫が妻の気持ちを察してやらない場合が多い。

いまは共働きが多い。家庭の維持には夫の協力が断然必要です。もちろん職場に出たら、妻も家庭のことは忘れて仕事をしてほしいけれど、仕事に出る前に「これから私は仕事をしっかりします。わが子よ、あなたは自分の勉強をちゃんとやってね。あぶないことをやらないでね」という祈りがあれば絶対通じると思う。

夫もまた、いくら仕事に夢中になっていても、仕事に入る前は、妻や子どものために祈ってほしい。そういう祈りがあれば、家の雰囲気も変わると思うのです。

もうひとつ、日本の夫も妻も、職場を離れて遊ぶことが多すぎるのではないかと思う。家にまっすぐ帰らずに、このごろは女でも居酒屋で一杯やっていたりする。

仕事場のうさを晴らしたければ、夫も妻も早く家に帰って、自分の結婚相手と一杯飲みつつ語り合ってほしい。外にいてもそれは休息にならない。

仲間は職場の延長でやっぱり気を遣う。とにかく結婚したら、子どもと家を中心にすえることです。

妻が仕事から帰って育児や家事をしているのに、夫は午前様で、友人を連れて来て飲みなおし、なんていうことをしていたら、妻の休む暇がありません。妻の料理が下手なら、ひとつ自分もやってみるかとキッチンに立てばよい。整理が下手ならだまって片づけてやればいい。妻もまた夫の足りないところはだまって補い、だんだん慣れてきてから、トゲトゲした言葉でなく、笑いながら「もっとこうしてください」と言い出すこと。

笑いながらやさしく言うことは夫も同じ。それをいきなり殴《なぐ》るというような蛮行は、くれぐれもご注意ありたい。ただ一度殴られて離婚してしまった妻もいます。

共働き夫婦では、学生結婚をした二十九歳同士が、まったくの分業で、時間表をつくって家事を分け合っている例を知っています。

夫の帰りが早い日は夫が家事、妻が早い日は妻が家事。

この夫婦の面白いのは、妻は料理をつくるのが好き、夫は後片づけが好きで、分業が理想通りいっていること。子どもができたら育児は俺がやると、夫は張り切っています。

そして、妻でも夫でも、お互いに注意し合うことがあっていいはず。しかしこれは子どもの前ではしないこと。口論になったりして見苦しいので、他人の前でもしないこと。

それでもどうしても離婚という場合があるかもしれません。芸能人など、わりによく離婚し「性格の不一致」などと言うけれど、私は性格は不一致のほうが結婚生活がよく続くと思います。私と夫とはまったく性格が反対でした。

離婚は別の相手への愛情が深まって、自分の配偶者に、もはや何の魅力も感じられない場合が多いのではないか。普通の夫婦でも、離婚はたいてい他の異性に惹かれたときが多いようです。

それでも私は反対するのです。夫でも妻でも、別の異性にのぼせているとわかったら、それがさめるまで待つ。離婚せずに待つ。

そんな頑固《がんこ》なのより、慰謝料をとってさっさと別れたらよいという人もいます。別れるに際しての財産の分け方、子どもはどちらが育てるか、なども子どもの考えも聞いて、より賢明に別れたらよいと。

しかし私は子どもがいればなお反対です。

かしこい女はまず自分の心の持ち方、行動のあり方をいつも反省していて、夫を他の女に走らせないと思います。

知ってて守れない姑と嫁の一線

人類が地上にあらわれて何万年か、これだけ文明は進歩しているのに、嫁《よめ》だの姑《しゅうとめ》だのとごたごたしているのは情けないとは思いませんか。

私はお互いに知恵を働かせて、前向きによくなってほしいと思うのです。むずかしいということの基礎にあるのは何か。夫とわが息子の奪い合いか。一軒の家の中での勢力争いか。

愛の奪い合いの場合ならば、まず母であるもの、姑であるものが先に、自分の息子がかわいかったら、嫁もかわいがってほしいと思う。

息子がかわいいから、嫁が憎いというのは間違い。それは息子を愛していることにはならない。息子を苦しめる。母というよりは、女の神経でおこす嫉妬心は、絶対に抑えなくてはなりません。また人間として恥じなければなりません。

人間の面白さは、努力すれば心の悪い芽を摘《つ》むことができるということ。夫の母が息子の妻につらくあたれば、息子は不幸になるばかり。ましてその間に子どもがいれば、子どもも不幸になる。

子どもの自殺の原因の第一は、家庭の不和です。

親になるということは、子どもに人間の生き方の見本を示すことなのだから、息子が結婚して、父は舅《しゅうと》に、母は姑になった場合、人生最後の人間教育と心得て、よい舅、よい姑であってほしいのです。

ときに他人とは喧嘩することがあっても、家庭の中では争いがないように。争いは家庭崩壊のもとになります。最悪の崩壊をおこさないように、家族はお互いに細かく気を遣ってほしい。

テレビドラマなどで、嫁いびり、姑いびりを面白おかしくやっているけれど、あれはあくまでドラマであることを忘れないでほしい。ことに働く妻（これは姑も嫁もいまは働いている）にとって、家庭が円満でなければ、外に行って落ちついて仕事をしてはいられないからです。子どもにも悪い影響が出て来ます。

ただ注意すべきは、妻として、夫の父とあまり馴《な》れ馴れしくしないこと。思わぬ誤解を受けて、夫の母から憎まれることがあります。女は女同士、まず夫の母と仲良くするほうが賢明。

私が夫のもとに嫁《とつ》いできたのは昭和九年でした。夫の母は明治七年生まれで、江戸時代の延長の中で、女としての教育を受けています。嫁は婚家に絶対服従。夫を主君と思ってつかえよ、実家にはそんなにたびたび行くな。

しかし、私は実家にはよく行き、夫を主君とは思わず、結婚生活の相手として同格と思い、婚家のやり方でも、無理なものには従わないで来ました。

そして十年たったころは、夫の母は私をよく理解し、私のやり方を認めてくれました。そのほうが自然だと思ったのでしょう。

嫁と姑という場合、世間に仲の悪い例がいっぱいあるので、自分の家はかならず円満な関係をつくろう。それにはどうしたらよいかと夫の親のほうに、息子の妻を迎えるについての覚悟があるべきだと思います。

姑は年長者だし、人生の経験者でもあります。後輩に親切にする先輩として、嫁に気を遣ってほしい。

もしも自分が姑にいじめられたから、今度は姑になって嫁をいじめるなどという人がいたら、周りの同年輩の人が忠告してほしい。あるいは姑に娘がいたら、あるいは嫁の夫が母に、いまはもうそのような時代ではないと語ってほしい。

ところで、嫁をいじめるのではなく、現在問題になっているのは、高齢化社会になっての、舅姑の痴呆化《ちほうか》です。

痴呆は刺激のない世界で多くおこるらしいので、そういう意味では、嫁と協力して姑は高齢になっても、自分で現場引退などと思わず、子どもの教育、また、お互いに勉強したいテーマを見つけ、時間をつくりあって、家庭から解放されての学習をやってほしいのです。

いまはそういう機会がたくさんあります。夫の母、息子の妻、お互いに他人なのですから、両方とも頭をつかって、どうしたら調和点が見つかるか、いつも考えてください。

私は人生というのは、数学の応用問題を解くようなものだと思います。むずかしい問題でもどこかに解き口が見つかると、スラスラと解けてくる。その面白さは学校の勉強よりもずっと大きい。

恋愛にしろ、見合いにしろ、相手を決めるときは、向こうの親のことも頭に入れておき、自分の相手の男が自分の母親にどういう対応をしているか、よく見ること。母親が自分の息子にどういうしつけをしているか。話を壊すためでなく、まとめるために相手の出方を研究する。そのためには、結婚前、婚約する前にお互いに相手の家を訪れ、その家族に紹介してもらうとよいでしょう。

縁談は百点満点などということはないので、七十五点だったらあとの二十五点はどうやって調整していこうか。口やかましいお舅さん、お姑さんがいたら、反抗しないで台風一過を待つつもりで、だまってお茶でもいれてあげたらよい。

自分に不満を持っているらしかったら、いつか笑顔で聞いたらよい。「私にどこかお気に入らないところがありますか」と。

子どもの教育については、夫の父母はあまり口を出さないほうがいいと思います。これを親のほうから言ったほうがよい。私はこういう方針で子どもを育ててきたけれども、いまは学校の状況が違うし、子どもと孫では性格も違う。孫のことは任せましたからどうぞよろしくと。

そして相談されたら、できるだけ一所懸命考えてあげる。あるいは祖母の目で見て、孫の態度が何かおかしいと思ったら、学校でいじめられていないか、よろこんで学校に行っているかと聞く。いじめっ子、いじめられっ子、どちらの場合も、親や家のものが知らないということが多いのにおどろかされます。

家庭の問題はそれを構成するみんなに関係があるのです。結論はその家庭が、子どもにとって居心地がいいか悪いかです。

若い夫婦から教育方針について相談されたら、いつでも明快な返事ができるように。それには、だまっていても、ふだんから孫のことはよく観察していなければならない。そして、息子の妻に何か言うときも、息子の父の口を借りたほうが、効果的な場合があります。威圧的な態度をとらないこと。そして夫の父はその意見を嫁にではなく、自分の息子に言うほうがよいかもしれません。

とにかく家の中がもめている状態は、子どもの心を不安定にします。子どものために夫婦と夫の両親の関係は、いつも風通しのよい状況にしておく。

妻にとって禁句は、自分の実家を自慢すること。夫の両親は息子の妻の家を軽蔑しないこと。

近ごろは両親と若い夫婦が別居しているほうが多いようですね。私などもはじめは別居で、ときどきご機嫌伺《きげんうかが》いに一年に一カ月くらいの滞在でした。十年たって一緒になって、何かと苦労しました。

別居して離れていても、四季の挨拶、お互いに贈りものは欠かさなかったけれど、実際にべったり毎日一緒ということになると、なかなかむずかしい。

夫の母は家事のベテラン、私は家事は大嫌いで手伝い任《まか》せでしたから、御飯の炊《た》き方、みそ汁のつくり方からしてひとつひとつ注意されました。そのとき、近所の人から、はじめから一緒だったらよかったのに、十年もたってからではたいへんねえと、よく言われました。

若い夫婦にも十年の歴史が刻まれています。これが夫の両親の生活習慣とあまりにも違うので、調和点を見つけるまで、私はときに逃げ出したくなったこともあります。

しかし、子どもにとって、祖父母と自分の両親が不調和という状態は子どもなりに心配の種となるのです。私は九歳、四歳、三歳の子どもをかかえて、子どものために家庭の平和を築かなければと自分なりに苦心しましたが、私の信条として、まごころは通じると思い、相手は人生の先輩と思えば、ひとりでに道はひらけて来たようです。

ところで近ごろ多いのは、子どもが大きくなったので、若夫婦は働きたいがために、夫の両親との同居を望む。しかし老人のほうが逃げたがる。同居は面倒、子どもの世話もいや、といったふうに。

しかし、もしも子どもができて妻が働きたかったら、はじめから夫の両親に、将来どんなお世話になるかわかりませんからよろしくと挨拶し、ふだんからこまめに気遣いや心遣いをしておくこと。

親たちの様子を知るために、しばしば電話をかけること、手紙を出すこと、四季おりおりのいろいろな心遣いをするなど、親しみが深まるように積み上げていかなければダメ。いきなり子どもの手が離れたので、働くから孫の世話を頼む。留守番をよろしくではダメ。

嫁姑の喧嘩などがよくテレビなどで描かれ、互いにののしり合っているような場面があるけれど、現実にああいうことがあるのは、離別寸前だと思います。私は夫の父と二十年、母と三十三年一緒にいていっぺんもあんな派手なことはしませんでした。

あんな派手な争いでなく、気分的に嫁姑不和というようなときは、夫が沈黙を守らず、両方の言い分を聞いて、和解の仲立ちをすること。

「お母さん、妻に足りないところがあったら僕に言ってください」と言い、妻には、「母はこう考えているから、母の気持ちもわかってやってほしい」など。

私はわりに単純素朴な性格なので、夫に言うまでもなく、自分から夫の母に言いました。

「これでいいでしょうか、私のやり方をどう思われますか」

興奮したり、ヒステリックにならずにニコニコと。夫の母も率直に言ってくれました。

「私の時代といまは違うけれど、私はこのようにして来ました。参考になればしてください」

結論を言えば、この家をよくしたい、子どもに心配かけたくない。これは夫の母も私も同じなので喧嘩にはならず、すぐ了解し合った。

よく夫が黙っていて、舅姑のことでもめている家があるけれども、間に立つ夫の知恵の働きで、両者円満という例をいくつも知っています。

私は離婚というのは、子どもがいなくても不幸、まして子どもがいたら絶対さけるべきことだと思います。大きな結果を招く前に、問題はその場その場で解決してしこりを残さない。

結婚生活の面白さは、つねに問題があり、つねに解決があるという劇的な場面の多いことです。

はじめは家風の違いが気になって、食器ひとつ使うにも、どの食器を使ったらよいかを夫の母に聞きました。

なお、わが家ではヨメとかシュウトメという言葉をつかいません。他人には息子の妻、夫の母と言います。嫁とは家の女。姑とは古い女と書く。嫁だからその家の自由になると思ったら間違い。姑ははじめからその家の先輩という意味でしょうが、これらは家中心の考え方で、夫婦中心ではないと思います。

夫も、妻もその身内《みうち》を持っています。そのつき合いにも気を遣うことです。親戚というのは、正直言って何かとうるさい場合があります。そのくせ、お金に困っている、貸してくれと言ったときは、案外渋いのが親戚という場合も多いのではないか。つまり、いざ大変なときには助けてくれないで、一族のものの行動については何かと批判的になる。

また、親戚というのは、何らかの血縁関係でつながっているのですが、これがライバルになるときもあります。

いとこ同士がどこの学校に入ったとか、どこへ勤めたとか、どこへ嫁に行ったとか、結婚式の親族の控え室などで互いに目を走らせて、その衣裳をくらべ、その社会的地位を意識し合っているのが親戚だと思う。

この親戚を全部敵にまわすということは、まず愚かしい。適当な距離をとって相手の感情を刺激しないようにして、親戚の悪口は決して言わないこと。親戚が派手な結婚式をしたから、私のところもというような競争心をおこさぬこと。親戚の中で自分と一番話の合う人間を早く確保するのもかしこい生き方です。ことにそれが自分と同じく嫁の身分であれば、いい話し相手になります。

そして、最小限の交際は欠かさず、冠婚葬祭に、みんなが機嫌よく顔を出せるような雰囲気をふだんからつくっておくためには、四季の挨拶、年賀状はきちんと出し、その近くに行ったときには、顔を出すというぐらいの心遣いをするのが無難だと思います。親戚に一人の敵をつくると敵がどんどん増えていきます。

天才は非凡な生き方がとれるけれど、平凡な人間は親戚を敵にして、余分な感情を遣うのはつまりません。親戚の人を集まりに呼ぶとき、漏れなく通知が行くように。誰を呼んで、誰を呼ばないというようなことが案外面倒なことになるのです。

親戚でも話が合って友人以上に親しい関係もあります。結婚したら夫も妻も、相手に親戚の説明をよくしておくこと。

嫁は舅、姑に聞く。この家とはどのくらいのつき合いの程度でよいのか。おみやげにしてもどの程度のものを持ってゆくか。自分の実家のほうの親戚のおみやげを多くして、夫の親戚のほうを少なくするというのは非常識ですよ。

冠婚葬祭のときに出すお金の高さなどは、親戚で親しいものに目安を聞いたほうがよい。とにかく、親戚関係では年長者を立てるのが第一です。

冠婚葬祭に着て行くものに関しても、親戚の中で親しい家のものに相談します。着て行くものがあまりよいものだと、見せびらかそうとしているとひがむものもいるから、一流品ではなく、二流、三流のものがよい。

親類がライバルで、ときにたたかいの相手になることは歴史が証明しています。英雄と呼ばれる武将たちはまず一族を亡ぼしました。源頼朝、織田信長、足利、徳川などの将軍家もその位置を争う相手は身内でした。

親類というのは本当に気のおける存在だと思います。どの程度までつき合うか。

ことに財産の相続などでは、一族に殺人事件のおこることもあります。

戦後、親の遺産が女子にも分与されるようになり、男きょうだいと女きょうだいが対立して絶交状態という話も珍しくありません。感情的にならず、ときに第三者を介在させて、親の遺産できょうだいが絶交などという不愉快なことにならぬよう、死者のためにも財産争いなどしないこと。

なお、私は親戚同士の暗い面ばかりを挙げたようですけれど、もちろん一家一族互いに友好関係を保ち、足並みをそろえて金銭問題でも協力を惜しまない人たちもいることを知っています。私自身が子どものときに早く父を失い、多くの親戚に助けられて成長しました。そこには普通の他人とは違う温情があったことを感謝しています。

財産の分配で、兄弟姉妹が絶交した話などもよく聞くけれど、これは親の遺言状を第一とし、それがなければ、一族の長老の意見を聞くこと。

よく兄弟姉妹間で、お互いに結婚して独立すると、その配偶者同士間に不和のおこることがあり、兄弟でも姉妹でも、つき合わなかったりしますが、そんな場合は、誰かが間に立って和解させてほしい。いやでも冠婚葬祭には一緒になるのだから。

夫婦でも嫁姑、親類でも、人間関係というのはつらいと思い込んでしまうと大変。そこまで自分で抱《かか》えこんでしまう前に、ちょっとしたほころびのうちに修繕しておくことです。

8章

人の絆のつくり方

人と人との信頼を生み出す

いま学校教育で問題にされていることは、生徒同士のいじめと、教師が体罰を加えるということです。

新聞、ニュースなどでも大変深刻な社会問題として「いじめ」が取り扱われています。私はこの問題の原因には、人間としての根本的な欠落があると思います。

それはいま、「人と人との絆《きずな》のつくり方」を親も教師も子どもも体得できていないということ。これは悲しすぎる現実です。

だいぶ前になりますが、全国の大学の教育学部の学生に、生徒が言うことを聞かないときには殴《なぐ》るかと聞いたところ、八割が殴ると答えたと言います。

私は男きょうだいが上、下にいましたが、戦前の教育の中では先生に殴られたという話は聞いたことがありません。私自身、ずいぶんいたずらっ子で、先生にとっては管理しにくい子だったけれど、叱られても殴られた覚えはありません。

戦後になって急に、平和をモットーとする教育の中で、教師が生徒を殴るということがあるのはおかしい。それは、早く生徒を管理したいから暴力で黙らせるのですね。これは一番幼稚で、一番拙劣《せつれつ》な方法です。

言葉で言ってわからないから殴るというけれども、わかるまで、何べん言葉で言ってもいいのです。わかるまでそこに立ってろと言ってもいいんです。私は殴られませんでしたが、立たされたことは何度かあります。立たされるというのは、やっぱり恥ずかしいから自分で反省します。殴ることだけはまったくやめてほしい。

親もそうです。子どもが小さいときは、かわいいかわいいで何をしても見逃して、子どもが物心ついてよくわかるようになってから、言うことを聞かないと言って殴る。

これは逆なんですね。小さくてまだ理屈のわからないときは体罰でいいんです。

ただし、その体罰は、殴るぶつであってもいいし、撫《な》でることであってもいい。あとに傷が残るような殴り方には、殴る人の感情が込められていますから、そういう殴り方はいけません。子どもの心に不信の念とおとなへの軽蔑が残ります。

私の知り合いの若い女教師が、「今日、生徒十人殴ってきた」と自慢そうに話すのを聞きました。

掃除をするように言ったのに、何人かが図書室へ行って勉強していた。十人並べて端《はし》から頬《ほ》っぺたをひとつずつ殴ってきたと。

掃除をしないで図書室に行ってた子どもたちは、みんな頭のいい子でしょう。殴られたあと、ありがとうと言って先生にお辞儀をした。教師はそれを自慢気に話す。生徒は殴られても感謝してくれると。

私はそれは心からの感謝ではなくて、この先生は殴るからまた殴られないように、ここでありがとうと言っておこうということで、子どもたちのほうが一段上だと思うのです。

理屈どおりにならないのが親子

人が人として生まれてきて、地上に残す最大の贈りもの。それが子どもです。子どもは親を選べない。子どもは親の育て方によってよくもなり、悪くもなる。ひとつも理屈通りにいかないのが親子の関係です。一人の男と一人の女の出会いに祈りが必要なように、親は自分の子どもの幸せを願う。子どもにとっての幸せを願望として、とにかく最善をつくしたい。その鍵《かぎ》はどこにあるのでしょうか。

戦後は人権思想がさかんになって、子どもの人権を守れという考えのもとに、親が一方的に子どもを、自分の自由にすることはできなくなった。

たとえば、子ども宛の手紙を開けてよいのかという問題がある。最大公約数的な、あるいは標準的な答えは、子どもも独立した人格だから、開けてはいけない、ということになっています。

しかし、子どもの年齢、手紙の種類にもよると思う。ハガキは見られてもよいという前提のもとに書かれているけれど、封書は見られないという前提で書かれているということもある。

体験的に言うと、私はたいてい見ました。それは、親が見ないために不幸な結果をおこしたという事件が、周囲にわりにあるのを知っていたからです。

たとえば、男からの誘いの手紙を親が放っておいて、何も知らないでいて、娘があとで男に殺されてしまった事件がありました。男の子の場合は暴力団の下部組織への誘いでした。

親が見るということを知ったら、子どもは子どもなりに、悪いつき合いをやめようという考えがわくかもしれないし、かえって子どもが親に相談することもあると思います。

以前読んだ東京新聞の文章に、国語学者の金田一春彦さんが、いわゆる恋文らしいものを書いて、相手の親から忠告される話がありました。やっぱり親が心配したのです。

私の場合はほとんど見ました。子どもも引き出しに入れておくということは、見られるかもしれないことは覚悟していると思う。困るのはどこかに隠すか破いてしまうことでしょう。

はじめに、どんな手紙が来てもお母さんは見るのよと、宣言してもよい。子どもは、親がそれだけ自分のことを心配しているのかと、内心よろこぶかもしれません。

日記に自殺したいと書いていた子どもがいました。親は日記には手をふれないほうがよいと思っていたが、死んでから、早く見ればよかったと後悔したと言います。

だから、子どもの手紙は見てはいけないとか、日記を読んではいけないとか言うのは、いわゆる子どもの人権を守る考えかもしれないが、親は子どもの成長を見守り、子どもの相談相手になる立場だから、子どもの状況を案じる親なら見ると思う。

それは子どもの幸せを願うためにやることなので、大局的には、子どもの人権を守ってやることになる。

この子はこのごろ挙動に落ちつきがないとか、沈んでいるとかいう場合、親が日記を見るのは、親は自分に関心を持ってくれていると思うのが、子どもにひとつの救いになると思う。

私が骨折して山に行けないとき、子どもが友だちと二人で、雲取山《くもとりやま》に登るということがありました。私は雲取山に登っていて、どこが危険かよく知っていて、鴨沢《かもざわ》から行けと言い、本当に行くかどうか、その朝、松葉杖をついて一緒に電車に乗りました。うるさいお母さんと思ったかもしれないけれど、子どもたちは、私がそこまで心配してくれるのかと、私のすすめたコースを行きました。

よく子離れという言葉を言うけれども、一歩外に出たら、危険がいっぱいなのだから、私は子どもが五十歳になっても、八十歳の親は、子どものことに気をつけるべきだと思います。

ただそれはあくまで親の意識の問題で、口うるさく干渉したり、注意はしない。

子どももみな大人。子どもを信頼しているとひとこと言えばよい。

また子どもが成長して、恋愛をするようになる。子どもがそのとき自分の恋愛は、一家の問題なのだという意識があるのとないのとでは、その行動に大きな違いが出てくると思う。それは自分の子どもの恋愛の相手に対する親としての責任だとも思います。

恋愛で一番危険なのは、相手を全部自分のものと思いたがり、独占したがることです。それは間違いのもとですから、親としては、はじめに注意したほうがよい。

親の子どもへの戒《いまし》めとして、何人かの子どもの間で、えこひいきは絶対しないこと。できる子をかわいがって、できない子を疎外する。そういう子どもが非行をしたり、家出をしたりする例をたくさん知っています。

できる子は天狗《てんぐ》になるのを戒め、できない子が落ち込むのを引き立てるのが親の役目。

親になるというのは大変なことで、子どもは何人いても全部違うので、その性格に合った対応をすること。

そして、子どもたちにふだんからよく言っておく。親は分けへだてなく、どの子もかわいいのだと。

私たちの子どもから娘時代にかけて、よく世間の目というものを大事にしました。つまり一般の常識というものです。これはいまでもあります。女の子の場合、縁談があると近所の家を訪ねて、どんな人物かと聞いたりするのでふだんの態度が大事というわけ。

いまは、人は人、自分は自分という考え方が強いので、世間にどう思われようと悪いことさえしていなければよいと考えるようになりました。ただ、戦前戦後を通して、子どものときから、人に迷惑をかけるなということを身につけるのは、社会に出るための必要条件です。

これはじつに細かく、何かにつけて繰り返し教えられなければならないけれど、いまの親、ことに母親はかなり手抜きをしているのではないかと思うのですね。働きに出ていて、母親が忙しいことはわかるけれど、大事なところは押えてほしい。お母さんは忙しいけれど、あなたのことをいつも心配しているとか、忘れものがないかなどと、子どもの耳に入れておく。

子どもは口ではうるさがっても、本当はうれしいのです。うるさい親だと言いながら、親が自分のことを、心に置いていてくれることをよろこんでいる。それは本能的な親と子のつながりだと思います。

人に迷惑をかける子、人のものをとる子、人をいじめる子、人を傷つける子、うそをつく子、それらに対して、最低限のことはしっかりと、子どもの心に叩きこんでもらいたい。大丈夫ね。悪いことはしてないわね。お風呂の中でも言い、一緒に買いものに行ったときにも言う。

私は働きながら三人の子どもを育てる母であったので、子どもが自分のそばにいるときはしつこいほど言いました。

私の母も私に注意した。人をじろじろ見てはいけない。すぐに相手の批評をしてはいけない。もっと考えてから言いなさい。電車の中で、そんな大きな声でものを言うものではないなどと。

私の母は、私にはやっぱりえらい母で、きょうだい中で、私が一番よく叱られました。学校の勉強ができるのばかりが、よい人間ではないとも言いました。

いまもその声は耳もとにあります。十歳で聞いた母の言葉を、八十歳になってありがたかったと感謝しているのです。

戦後の教育は、先生と生徒が同格になっているみたいで残念です。生徒は未成熟なものです。これを成熟させるのが、教師の役目です。決して同格の友だち関係ではありません。

教師は毅然《きぜん》たる態度で子どもに接し、子どもに生きる手本を示してほしい。その自信がなければやめてほしい。

子どもも自信のない教師に学ぶのは不幸です。教師からとがめられず、自己満足、うぬぼれ、傲慢《ごうまん》な子どもが増えていないか。いじめっ子などは、自分のしていることの悪さがひとつもわかっていない。なぜ教師はもっと受け持ちのクラスの一人ひとりについて研究しないのでしょうか。ときに教師までいじめに参加している。教師には教える以外にたくさんの仕事があるという。教えることで精一杯だという。私もわずかですが、教師の経験があり、本当に教えることで精一杯であったと思います。

私が救われたのは、その学校が私立で、キリスト教の精神をもとにしていたので、心のあり方、持ち方、とくに他者を愛することの大事さを、修道女の先生がよく教えていてくれたことです。

クラスで不幸にあったものがあれば（親が死ぬとか、家が倒産するとか）みんなでなぐさめ、力づけてあげる。病気で長く休んだもののためにはノートをつくって届けてあげる。

とにかく教師は、大勢の生徒を対象にしなければならないのです。学校を頼らずに、何よりも親がしっかりしてほしいのです。

私は小学生のとき、隣にクリスチャンの家庭があって、食事のときはみな一緒に祈り、お父さんが少しもいばらずに、忙しいお母さんを助けているのを見て、羨《うらや》ましくてなりませんでした。それでいてお父さんが家の中でまとめ役で、お母さんも子どもたちもお父さんを尊敬しているのがよくわかりました。

家じゅうのものが助け合っている。お互いに思いやりの心で相手をいたわる。相手のために自己抑制をする。わがままを言わない。戦後は自由が謳歌《おうか》されたが、自由は規制を守るから得られるのではないでしょうか。

あまり外国の例を出したくないのですが、友人が夫の銀行員と一緒にロンドンにいたときのことです。

自分の家の子どもがやたらに大きな声を出すと、隣の奥さんが「お母さん、あなたはなぜもっと注意しないのですか」と言いに来たそうです。公園などでだだをこねている子がいると、隣のベンチの婦人が立ってきて、子どもの耳を軽くひっぱったとか。子どもはびっくりしておとなしくなった。

それは本当に親切な心なのだと思います。社会の秩序をみんなが協力して守るということを親が教えないので、代わりに教えてくれたのだと思いますね。

日本でそんなことをしたら、よけいなお世話と親が怒ったり、子どもが泣いて、親に抗議してくれと言いつけたりすることでしょう。日本人には、なかなかこんな勇気はないみたい。自分の子どもさえ満足に叱れないのだから。

よく非行化した子どもの中には、厳格すぎる親に反抗して、というのがあります。厳格な親はいつもいつもきびしいのでなく、子どもが言うことを守ったら、やさしくほめてやることが大事です。

厳格といばることとは違います。

いばるのは虚勢を張ること。内容が伴わないから、いばられたほうは内心で軽蔑する。内容がないから、恰好をつけて自分を偉く見せる。これは決して相手を愉快にさせないし、逆に反抗心をかきたてます。

あるいはまた、非行化した少年を、きびしくしつける里親にあずけたら、子どもはよろこんで、もっと自分の親から叱られたかったと言ったという話もあります。

戦前は、警官とか軍人が権力と結びついてよくいばったものでした。家庭の中でも、親子の関係ではなくて、君と臣のような上下の関係になり、夫婦の間でも男上位で、父である夫がいばっていました。これは江戸時代の武家社会的な風俗で、まだ残っているところがほうぼうにあるのを見てもわかります。

そして、面倒だから従ってはいるけれども、心から従っているわけではないから、いつ爆発するかわからない。家庭内暴力がおこる寸前の親と子どもの関係は、どのようであったのかとよく考えさせられます。

たぶん子どもは突然爆発するのではなく、無口になり、登校拒否をしたり、いちいち口答えしたり、というような状況で出てくるのではないか。そのとき親は気づいてほしい。子どもの不満の原因は何かと。

私は学生時代に、体育の点が大変に悪かったのですね。運動は大好きなのに、体育の教師がいばっていたので反抗して、右向け右って言われるとよく左を向いたりしたから。

だいぶ前に、二浪した青年が両親を金属バットで殴り殺す事件がありました。両親とも一流大学の出身。親のはげましを、子どもは負担としたのでしょうか。

女の検事の家庭で、兄が成績のよい弟を殺した事件もありました。そのころは女の検事など少なかったので、子どもは負担を感じ、成績の悪い兄は、成績のよい弟がほめられて、自分は叱られるのが口惜《くちお》しくて殺したらしい、というのが当時の新聞の論調でした。親はいばったつもりはなくても、成績のよくない子には、いばってとられたのかもしれません。

子どもの成績が悪くても、他の長所を見つけてほめてやる。落ち込んでいる子どもをはげますには、ガミガミ言うのは禁物です。はげますつもりが威嚇《いかく》となり、コンプレックスを持った子どもにはひたすら圧力となるのです。

私は男のいばった物言いは嫌いです。

内容がある人は自信があるから、むしろ低姿勢だと思う。謙虚でもある。

子どもの心は大人のように熟成されていないので、親がはげますつもりで言ってもいばられたと解釈し、親から心が離れてゆく。また、人によっては、一人対一人だといばらないのに、大勢の人の前ではいばって見せるという人もいます。

親が子どもに何か戒《いまし》めることがあるなら、決して他人の前では言わないこと。また、自分はさかんにタバコを飲んでいて、子どもにはタバコを飲むなとは言えない。お父さんもやめたから、タバコはやめなさい、でなければ。ましてお母さんがタバコを吸っていて、子どものタバコは叱れない。

よく子どもが父親を殺すのは、父親に殴られる母親に同情した場合などが多いという。母親をいじめた父親を殺すという例は、九州と四国にもありました。武家社会の風習が残っているところには、いばる男が多いような気がします。実るほど頭《こうべ》をたれる稲穂かな、というけれど、いばることは、自分がからっぽなことを見せることではないかしら。

「いばるのは恥ずかしい。やせがまんは恥ずかしい。人の悪口を言うのは恥ずかしい」というのを家訓にしたらどうでしょう。

なお、子どもにとって、父がいばっていても母はやさしい。父はきびしくても母がかばってくれるという場合は救いがあるけれど、両親を殺した青年は、両親からきびしく叱られて逆上したのでした。

子どもが自分を再教育してくれる

夫婦の間でもそうですが、親子の間で一番悪いのは、相手を軽蔑する言葉を出すことだと思います。

じつは私は子どものとき、母から「学校の勉強ができることはひとつも自慢にならない。もっと行儀よくしなさい」と言われ続けました。母は私を軽蔑していたのではなく、うぬぼれたり、得意になるのを否定したのです。

一方で、私はまた母から、こんな不美人を産んだおぼえがないともよく言われました。鼻が低くて口が大きい。母も姉も美人と言われていたので、私は自分はもらい子かと思ったこともある。しかし、気の強い娘であったので、そんなことを言われても、非行したり自殺しようとは思いませんでした。

鼻が低くても風が通ればよい。不美人で何が悪いか。これは私が負けずぎらいだからよかったので、親と子の間でも一番気をつけなければならないのは、相手の欠点、マイナス面、弱点をからかったりしないこと。

私は猫をたくさん飼っているけれど、一匹を撫《な》でてやっていると、他のがじっと見ている。どの猫も同じように撫でてやらなければならない。人間も同じ。決して兄弟姉妹、えこひいきしてはならない。欠点をあげたら、よい点も認めてやる。私は不美人だけれど、気性がさっぱりしていると母はほめてくれました。

そして、親は子どもの前で人の悪口を言わないこと。子どものころ、いままで茶の間でさんざん非難していた人が来ると、まあよくいらっしゃいました、などと迎えるのが不思議でした。

大人というのはうそをつくのかと思った。それは大人の社会の複雑さを教えられることでもありました。

私は母に叱られ叱られ育ったせいか、叱られないですむような人間になりたいと思うようになり、結婚してもよく夫に「私に悪いところがあったら教えてください」と言いました。

夫は無口な人で、三日ぐらいたってから返事をするのです。「いつかの質問ですが、あなたはだらしがない。整理整頓が下手ですね」という具合。

子どものころは友だち同士で、遠足の電車の中で、何かして遊びましょうというとき、反省ごっこしましょう、などと言い出したりしました。するとみんなそれぞれに思い出して言う。あのときは本当に悪かった。あのときは口惜しくて泣いたなど。

子どもには伸びる力があり、伸びるために自分で悪いところを見つけようとする本能が働くのではないでしょうか。

子どもをほめたり叱ったりは、いつでもその子どもの特徴をつかんでやってほしい。一人ひとり性格が違うので、ほめていい子、けなしていい子、どのくらいほめたらいいか、どのくらい叱ったらいいか、すべて違います。

そして、どの子も、ほめたらほめっぱなし、けなして、けなしっぱなしにしないで、ほめたあとでもこういうところはよくない、けなしたあとでもこういうところはよかったと、必ずプラスマイナスを考える。

それにはつねに子どもと会話することが必要だと思います。

「お母さんはあなたをいい子だと思っていたのに、がっかりしちゃった。お母さんを悲しませないで」

「お母さんはあなたを信頼しているわ。きっとあなたはお母さんの信頼にこたえてくれる。自分では気づかないかもしれないけれど、あなたには能力があるのよ。あなたはもっと意志の強い子になれるはずよ」

「お母さんに不満があるなら、みんな言って。どんなことを聞いてもおどろかない。あなたがよろこぶようなお母さんになってみせるわ」

などと子どもをはげます。

子どもをうぬぼれさせないように、落ち込ませないように、自信を失わせないように。どんなに叱っても、叱っただけでなく、あとでほめてあげることが必要だと思います。

ことに、叱ったことを守ったら、よくやってくれてうれしいという、親の気持ちを率直に言う。

日本の親はもっと親としても、自分の気持ちを子どもに語るべきだと思います。

勤め帰りに駅周辺の飲み屋で飲んでいる人がいます。このごろは女もいるけれども、もし家庭のある人なら、あれだけの時間を早く家に帰って、自分の子どもたちとの接触に使ってほしいと思う。

飲み屋で同僚と飲んでも職場の延長ではないでしょうか。職場でのうっぷんばらしのひとつかもしれないけれど、上司や友だちの悪口を言ったりしている。

職場でのうっぷんは、家に帰って「子どもの顔を見たらさっぱり消えた」でありたい。ときに子どもに職場での不満を語ってもいい。案外子どもは客観的に、純粋な気持ちで、親を理解してくれると思います。

簡単にうなずいてくれる友人は、かえってこわい相手かもしれません。敵だったりするかもしれない。子どもは心から親のために心配してくれるのです。

そして、母親は子どもにとって、理想の女性像であってほしい。

母親が子どもの前で、父である夫の悪口などを言う姿を見て、子どもはどう思うでしょう。子どもは、何で母は父と結婚したのかと悲しくなる。自分は生まれないほうがよかったのかとも思う。

夫と自分との間が円満にいっていないということを、子どもに知らせるのは最悪。子どもは父と母の仲がいいということがうれしいのです。

なお、気をつけてほしいのは、子どもにとっては父方、母方と両方の祖父母が大事なのですから、それを比較して、自分の両親をほめ、夫の両親をけなすというようなことは、絶対にしては駄目。父親も妻の両親をけなし、自分の両親をほめるようなことを言ってはならないのは同じ。

結婚生活の中で、大人の間のもめごとに子どもを巻き込んではなりません。離婚や不倫は子どもが親に不信感を抱き、非行や自殺に走る原因となります。

親族間のもめごとも、子どもに知らせないようにしたい。子どもが知って判断できる年齢に達していれば、少しはいいかもしれないけれど、親族というのは、つき合いをやめることができないのだから、親族についての批評などを子どもの前ですると、冠婚葬祭などの場で異様な雰囲気をつくり出してしまうことがあります。

子どもの前で夫婦喧嘩をするなどというのも駄目。夫の不倫や妻の不倫など、どんなに子どもを悲しませることか。ことに母という存在は、子どもにとって聖なるものに通じたりするから、母が自分の父以外の異性に深いかかわりを持ったと知ったら、自殺する子が出るかもしれません。

また、子どもに言ってはいけないせりふに、「おまえは駄目」というのがあります。駄目、というような決定的な言葉で、子どものやり方を全面的に排除しないで、親はゆとりある態度で、そうしないほうがいいのではないかとか、もう少し考えてみたらとか、あたたかく見守り、適当な助言を与えてほしい。

このごろ、髪の毛を染めたりする子がいる。本人はそれでいい気分になっている。そんなとき、頭が金色だったら、今度は何色に染めるのとか、お母さんもやってみようかなとか、子どもを極限状態に追い詰めないで、親自身が面白がっているような言い方をするのもひとつの方法です。駄目と言われると反抗的になって、自分のやめたい時機を見失ってしまう。

子どもの周りには危険がいっぱいです。旅行雑誌などが、遠くへ行きたいとか、ぶらりぶらりとあてのない旅などと書いているけれど、子どもの一人旅など、こんな危険なことはない。

ある家で、親は子どもの人権を尊重するといって、十六歳の子どもの一人旅を許したところ、子どもは遠い山で、崖から落ちて死んでいたということもありました。

友人と一緒でも、全部の旅程を親が見て検討して、安全と思えば行かせる。宿の電話番号や連絡先もきちんと記させ、子どもの出発前に、その連絡先にそういう予定が入っているかたしかめる。

子どもはうるさいとぶつぶつ言うかもしれないけれど、心ではよろこんでいると思う。そしてそこまで心配してくれる親がいるから、無事に家に帰ろうと努力するでしょう。

次々と子どもについて親が配慮すべきことが出てくるけれど、JRがキセル乗車を調べたら、一流大学の学生の中にも大勢いたそうです。

キセル乗車というのは、長い距離を乗るとき、定期券なり、そのときどきの切符なりを乗車駅で次の駅までの分を買って着駅までの途中を浮かすこと。キセルは中がからっぽなので、真ん中のただ乗りをすることを言う。見つかると大変な罰金を取られるが、一流大学の学生がそれをやるということは、いたずらをやってよろこぶのです。

子どもについて心配したら限りなし。だから親があるとき言えばよい。「もう心配で心配で限りがない。これからはあなたを信頼するから裏切らないでね」と。

もし子どもが失敗したら、この次はちゃんとやれるように、期待しているからと、はげます。

親は子どもの将来にいつも道を開けておいてやること。繰り返し「駄目」と言わないこと。それは道を閉ざすことになる。

子どもは生命力に満ちあふれているから、たたかう相手がほしいときがあります。親であっても、いつも屈辱感を与えていれば、いつたたかいの相手にされるかわからない。

親になるというのは本当に大変なことで、なまけたり、浮気などしてはいられないはずだと思います。とにかくできるだけ多く子どもに接触して、子どもを理解し、子どもの味方になってやってください。

自営業の親を持つ者と、俸給生活者の親を持つ者では非行に走る率が違う。自営業のほうが少ない。親が朝から働いている姿を見ている。そして、子どもとの対話も多い。俸給生活者は、家を出てしまえば、子どもの目には何をしているのかわからない。親は会社からなるべく早く帰って、子どもを話し相手にしてほしいと思います。

外で働く母親はどんなに疲れていても、子どもに外でのつらさなどは言わず、子どもの話を聞いてやるゆとりを残しておくこと。

また親にとって一番大事なのは、どういう子に育てようかという方針を決めること。あるいは、子どもの理想像をしっかりと持ち、それを実際の子どもの状況に合わせていろいろと考え、たとえ親の理想とは違っても、その子どもの個性を伸ばしてやること。

近ごろ問題になっているいじめっ子、いじめられっ子も、親が子どもの様子を細心に観察していれば、大きな事件にいたらないうちに防げるのではないでしょうか。

まず子どもは元気がなくなる。友人や学校のことを話さなくなる。態度に落ちつきがなくなる。ときどき放心したようにぼんやりしている。夜もたびたびおきる。夜尿症になる子もいる。これらはいじめられっ子の症状です。

いじめっ子も良心のとがめがあるから、家であまり口をきかなくなる。帰宅時間が遅れる。学校に問い合わせる。部活ではない。とうに帰った。ゲームセンターなどで遊んでいる。そのお金をどこから得たか。態度が粗暴になり、反抗的になる。これもその心が不安定なしるし。

学校の教師に聞いてみる。自分の子どもはいじめっ子になっていないか。どこからか訴えて来ていないか。親は先生から聞いたと言わずに、子どもの学校における言動に注意して観察してほしい。

などなど、いじめっ子もいじめられっ子も、子どもをよく観察することで親が発見できるのではないか。

私の子どもは全部五十代ですが、いまだに仕事はうまくいっているか、何か悩んでいることはないか、体の具合はどうかなどと心配します。孫たちは十代、二十代で、これも心配です。

しかしいくら心配しても、一人ひとりのところにとんで行くわけにはいかないので、いつも夜寝るとき、子どもたち、孫たちのいるほうに向かって、どうぞ彼ら、彼女らが平安であれと祈ります。

子どもの行儀をよくするためには、親がまず行儀をよくする。子どもの心を思いやりのあるやさしいものにするためには、親の心に思いやりがなければなりません。

ある旅行をしたときのことですが、新幹線の中でアイスクリームを売りに来た。私が「アイスクリームください」と言うと、隣の席の坊やが「僕にも」と言った。そのとき母親が「あんな安いアイスクリームなど食べるんじゃありません。もっといいのをホテルに行ってとってあげます」と言った。

私はどうでもよいが、安いアイスクリームを売っている売り子が可哀相《かわいそう》になりました。

また、外国人の旅行者によく言われることは、日本ではどうしてあんなに子どもが電車の中で騒いでいるのかということ。

これには母親の二つの態度があった。ある人が見かねて、この子のお母さんはどこですかと見まわしたら、若いお母さんがけわしい顔をして言った。

「うちの子どもによけいな世話をやかないでください」

もうひとつの例のお母さんはクラス会であろうか、客席を向かい合わせにして、ビールなどを飲んで大声で笑い合っていた。子どもがよその人に注意されると、いきなり子どもの手を引っぱってきてつねって言った。

「静かにしなさいって言ったでしょ」

しかしお母さんのほうが騒いでいるのだから、放っておかれた子どもとしては、何とも情けない気持ちであったでしょう。

学生時代に、教育学の下田次郎先生に言われた言葉が忘れられない。

「女は子どもを持つことで、自分を再教育する機会を得るのである」

9章

こころ若く老いる

のこされた者の生き方

いま男の平均寿命と女の平均寿命には五、六歳の差があって、夫のほうが先に逝《い》く例が多いようですね。妻は夫の亡くなったあと、自分は何をするか。

現在、私自身、夫が亡くなって半年なのですけれど、私には夫の残したものの整理がまずありますね。これは膨大《ぼうだい》な仕事で、本の整理から、夫の服飾品類、いわゆる形見分けというようなことも残っています。それから、夫の仕事を歴史的にまとめておかなくてはならない。

そして、今度は自分の残された時間ですが、私の場合はこれから娘時代にできなかった地質と植物の勉強、できれば大学の聴講生になって通いたいという気がある。

私の友人もほとんどがもう夫を亡くした人が多く、彼女たちはいわゆるカルチャーセンターのたくさんの講座から好きなものを選んで、書道をやりたい人は書道を、仏教、キリスト教の研究をしたい人はそれをと、それぞれに取り組んでいます。古典あり、英会話あり、ダンス、ゴルフ、百種類以上の講座が余暇を持っている女の人のために用意されているのです。

面白いのは、男性も参加している講座があって、歴史とか植物とか、男の人も妻の亡くなったあと、そういう講座を受けている。

また、男性が料理を習う。私の夫は生前、料理学校に行きたいと言っていて、果たせずに亡くなりましたが、料亭の板前さんやお寿司屋さんがほとんど男であるように、男の人の味覚もずいぶん発達しているようですから、それぞれの勉強を続けるというひとつの生き方があります。

そして、年をとってつれあいに先立たれて一人になっても、私自身は戒《いまし》めとして、子どもにたよらない。子どもにとって親の自分が負担になることをおそれるのです。

それには、まず自分が痴呆化しないこと。寝たきり老人にならないこと。

これは健康を維持することで、ある程度達せられると思います。

頭と体をたえず流動的に動かして、緊張感を失わないこと。それには、私は堅い本を読むことを勧めたいと思います。

娯楽一辺倒、面白いだけではなくて、自分が娘時代に読んで読みきれなかった本が必ず書斎に残っているはずです。そういう本を一人で読むのが大変だったら、同じ仲間で集まって読む。また、知り合いの伝手《つて》で、それを講義してくれる人を見つける。

私の知り合いで夫を亡くした人は、夫の両親の介護をしたとき、大変辛《つら》い経験をしました。

これは一人の主婦の手に余るということで、同じような経験を持った人が集まって、老人の介護に当たる組織や病院からの訪問看護婦とは別に、老人のアフターケアに当たるグループをつくりました。

退職後、健康が衰えたとか、夫は健康でも妻が寝たりおきたりで家事ができない。

そういう家にヘルパーとして行くわけです。女のやることはいっぱいあります。

そして、その人たちはみんないきいきしています。自分を待っている人がいる。いまは嫁さんも働きに出ている家庭が多いので、在宅の寝たきり老人は、訪問されることを心待ちにしています。

日本は福祉が遅れていて、特別養護老人ホームへ入るのには何カ月も待たされる。私は京都にいたとき、娘が外で働いていて、寝たきり老人が一人でいる家に下宿していたことがありました。

私は新聞記者でしたから、わりに時間に自由があったので、その方の排泄の手伝いなんかをして大変よろこばれました。自分の手を待っている人があるという生活は大変生きがいがありますね。

私はこれからどうしましょう、なんていう未亡人がいたら、それはなまけものだと思います。

各市や区役所のボランティア・コーナーでは、ボランティアの登録を受けつけていますから、そういうところに行って登録するのもよし、またお金がほしかったら、仕事のあっせんを受ければいいのだと思います。

私などはもう自分の残された時間が少ない。

夫のもとに行くまで時間がそんなにないと思うから、なおやることがいっぱいで大変なのですが、若くして、まだ三十、四十代で配偶者を亡くした人は、子どもがいる場合にはやっぱり働きに出なければならない。これはいま、母子家庭の補助はかなり手厚くされています。

ただ、三十代、四十代、このごろは五十代でも、女が一人になるとよく男との問題がおきます。人の口はうるさいので、他人から誤解を受けないような態度をとることは大事です。

私の山の会でほうぼうの旅館に泊まると、食堂はよその団体と一緒です。旅館のゆかたのまま、若い男の人と組んで舞台の上でダンスをしている中年の女の人をよく見ます。あのゆかたというのは寝間着ですから、そんなものでダンスなんかするべきではない。しかもその人がキャアキャアと嬌声《きょうせい》に近い声をあげる。

それを見ると、私は、ああ、あれは未亡人ではないかなあ、男に飢えたような声だなあと思ってとても聞き苦しい。未亡人でも女ですからっていう人がいるけれど、私は一応、未亡人は女を卒業したぐらいの覚悟を持って男にすきを見せないでほしい。

未亡人は差別語で後家といえと言ってくれた人がいますが、私は未亡人という言葉が好きです。

いまだ死なぬ人、つまり夫が死ねば、その人も死んだもののような人の意味です。別に貞女は二夫にまみえず、ではなくて、まみえていいから、まみえるまでの時間は貞女でありたいですね。

男がほしい、再婚したいと全身からだらだらと粘っこい液がもれるような感じの、いかにもものほしげな女になることは、亡くなった夫に対する侮辱《ぶじょく》だと思います。

未亡人には未亡人なりの振る舞い方があるんですね。あまり男になれなれしく近寄らない。人が噂《うわさ》を立てるような振る舞いをしない。いわゆるセクハラの問題がありますが、そんな対象にならないような、毅然《きぜん》とした態度を持ってほしいと思います。

そして、前にも言いましたが、本当に自分が役に立つのであれば、再婚という形で妻のない人を助けるというのもいいと思います。それは未婚の人が行くよりも十倍ぐらいよく調べて、よく考えてから行ってほしいと思います。

再婚して、死んだ夫とくらべて、新しい夫がいやになって別れるというようなのはちょっとみっともない。再婚したからには、その相手に合わせて新しい生き方を発見してゆくべきではないでしょうか。

のこされた者に、気落ちしている時間はそんなにありません。こういうときこそ、地に足をつけ、力強く人生を生き抜いていく姿勢が問われるのではないでしょうか。

幸せに老いるために

はっきり申し上げます。老いることはまったくおそろしいことではありません。当然、見かけの美しさはどんどん衰えてくるかもしれません。でも、心の美しさは年をとればとるほど精錬《せいれん》され、ますます磨きがかかってくるもんではないかと思います。

老いをおそろしがるのは、だいたい女ですね。容色が衰える。シワができるとか、シミができるとか。

これは自然の現象だからしょうがない。だけど、少しは防ぐことができる。それは、あんまりお化粧をしすぎないことです。お化粧をしすぎるからシワもシミもできるんです。

尼さんたちはじつにきれいです。お化粧をしていじくりまわさないから。いろんなものを塗ると、いろんな化学反応があるじゃないですか。きれいに洗い落とせばいいけれども、その上からまた塗れば、化合物がぶつかることがあるでしょう。

精神的に言うと、老いの状態というのは、私はとてもいいと思います。まず、心が寛大になります。若いときは怒りっぽい。すぐ喧嘩《けんか》しようという気になる。

ところが年をとると自分の時間がもう少ないから、いやなものは忘れよう。自分の悪口を言っている人を遠ざけよう。自分を不愉快にして、自分をくよくよさせる原因になるものからは自分から逃げてしまおう、となるのです。

そして、人を責めることが少なくなりますね。それは長い年月をかけて人を見ているからで、世の中には、いろいろな人があるとわかってくる。若いころ攻撃的で、意地の悪かった人が、ある年数たつと人が変わる。そういうのを見ると、そのときだけの現象で人を判断しなくなります。自然に、心も寛大になります。

そして、もうひとつ、どうせ誰でも死ぬんだからと思う。そうすると、人を羨《うらや》まない。私は子どものときから人をあまり羨まないたちですけれど、人を羨む人は、こんな自分はいやだと自分を否定する。もっと美しくなりたい。こんな私はイヤだと。

整形手術を受けようか、というような、自分に満足しないでいつもジリジリしている人は、逆に醜《みにく》くなりますよね。人を憎んだり、羨んだりしてる人は暗い顔をしてますよ。あの人はまた人の悪口を言うから、愚痴《ぐち》ばかりだからと友だちも去ってしまう。

自分が孤独になったら、なぜ人が自分から離れていくんだろうと考えればいい。謙虚な心があれば、どうしてみんな私のことをいやがるのかしらと考えてみる。もしもその人に、いい友だちがあれば、あなたのこういうところをみんないやがってるのよと言ってくれる。

そして、その人が素直な人であれば、もうああいうことを言うのはやめよう、ということになるでしょう。

もうひとつ、私は顔はあてにならないと思うのは、いつかテレビで見たけれど、子どもを誘拐して殺してしまうという殺人者はみんな美男ばかり。そういうやさしそうな、整った顔の人でなくちゃ、いらっしゃいと言っても行かないでしょう。見るからにこわそうな顔をしていては。

年をとって面白いのは、経験を積んでいますから、話を聞きながら、この人の言うことは全部信用できないな、この人は信用できる、ということがパッと見てわかるようになること。心にやましいことのある人は、視線をそらす。

これもやっぱり年をとる面白さのひとつ。若いときはよく騙《だま》されますよね。私は結婚した当座、とても騙されました。

まず、新婚で気持ちが落ちついていない。物売りが来る。「奥さん、炭を○○さんに届けに来たんだけど留守で、持って帰るのは重いし、買ってくれませんか、いい炭だよ」と言うのを、「あら、そう」なんて二俵も買っちゃって、ふたを開けるとかんな屑《くず》がいっぱい入ってたとか、バラの苗を売りに来て「いい花が咲くよ」って言われて、咲いたのはノイバラ。

ものを買うときは信用のおける、ふだんからつき合ってる店から買うべきだと知らされました。

戦後もほんとにいろいろ騙されました。有楽町で脚本料を受けとって、ちょっとお金が入った。すると駅前で布地を売ってるんですよ。

「これはイギリスの洋服生地、一着分いくら。買う人はいないの」と大声で叫ぶ。大勢人がとりまいている。金があれば買いたいなぁなどと言う人がいる。これはサクラ。だんだん下げていく、バナナ売りと同じ。

するとつい、買いますって言って、買って帰ったら、仕立屋に「奥さん、これ純毛じゃないですよ、燃やしてみればわかりますよ」って。火に近づけると純毛は毛のにおいがするし、化繊はピリピリと溶ける。自分の精神状態が安定してないと騙されるということがよくわかりました。

私たちは八十八歳でも、まだ小学校のクラス会をやっています。男の人のほうが早く亡くなるのが多いのですけれど、男の人で奥さんを亡くした人もわりに来ます。

女が夫を亡くしたよりも、男が妻を亡くしたほうが何かと大変だということがわかり、女も男も中年になったら配偶者を困らせないように一緒に年をとれるように、食事や運動に気をつけたらよいということがわかる。

だから私はこのごろ、若い人は家事をぜひ分担してほしいと思いますよ。男が一人になったときの用意に。

家事もやってみれば楽しいですよ。きれいに洗えば器《うつわ》がピカピカになる。台所に汚いフキンがぶらさがってるのを、きたねえなあ、なんて見てないで、自分でゴシゴシ洗えばきれいになってさっぱりするし、浴室の床も自分で磨いて水をジャージャー出して洗えば気持ちがいい。

人を頼らないこと。できるだけ何でも自分でやること。体は使えるだけ使ったほうが強くなるのだと私は思います。

人とのつき合いも、若いときは好き嫌いが激しかったけれど、年をとると、なぜ嫌いなのか研究しようというような気がおこって、嫌いなものにこちらから近づきたくなる。これは人間も食べものも同じ。

私は蛇《へび》が嫌いなのですが、私の女の山友だちに、蛇をこわがらない人がいて、蛇が出てくると、よく来たねと首から下を撫でてやる。すると蛇は一本の棒のようになって彼女の足もとにのびてしまう。

この実験をぜひやってみたい。蛇のように嫌いだったものにも、こちらから進んでつき合ってみたい、などなどいろいろしたいことがあって何となく胸がそわそわします。

年をとって、死をおそれない、出世を望まない、競争しない、自分がやりたかったことをやろう、そういうものを見い出せた人は幸せですね。

私は七月一日に、夫が病んでから二年間行かなかった山に行って、三時間歩いて来たら、病んでいたヒザも腰も少しよくなりました。やっぱり歩くのが一番と知りました。いつ死ぬかは、神さまの決めること。その日まで新しい発見があるのはうれしい。

みなさんも、そういう「何か」を見つけて、幸せに老いてほしいものです。

それには、やはり若いときからの生き方を積極的に、かつこれでよいのかとつねに考えながら、積み重ねてゆくことだと思います。

本書は、一九九六年に小社より刊行され、二〇一一年に、四六判で刊行されたものの新装版です。

現在の状況とは合致しない点もありますが、本文中の表現、年代、年齢の表記は原本の初版当時のままといたしました。

著者紹介

田中澄江
1908年東京生まれ。東京女高師（現お茶の水女子大学）卒業後、聖心女子学院教師、新聞記者を経て文筆活動に入る。

劇作家として新劇・新派の他、映画、NHKテレビ小説等の脚本を執筆。また小説家、評論家としても活躍。

主な著書に『カキツバタ群落』（文部大臣賞）、『花の百名山』（読売文学賞）、『叱り方の上手い親　下手な親』（小社刊）、『夫の始末』（女流文学賞、紫式部文学賞）、『田中澄江戯曲全集』（白水社）、『花と歴史の武蔵野』（ぎょうせい）、オペラ台本『26人の殉教』など。

本書は著者が半生を振り返り、老いを迎え討ち、意気軒昂な生き方をすすめた痛快エッセイである。

老《お》いは迎《むか》え討《う》て

2020年8月1日　第1刷

著　者　田《た》中《なか》澄《すみ》江《え》

発行者　小澤源太郎

責任編集　株式会社プライム涌光
電話　編集部　03(3203)2850

発行所　株式会社青春出版社
東京都新宿区若松町12番1号〒162-0056
振替番号　00190-7-98602
電話　営業部　03(3207)1916

印刷・大日本印刷　製本・ナショナル製本

万一、落丁、乱丁がありました節は、お取りかえします

ISBN978-4-413-11326-7 C0095